当代中国文学书库

寂静荒野的柔软风暴

周雪 ◎ 著

中国文联出版社

图书在版编目（CIP）数据

寂静荒野的柔软风暴 / 周雪著 . -- 北京：中国文
联出版社，2023.5
ISBN 978－7－5190－5055－9

Ⅰ.①寂… Ⅱ.①周… Ⅲ.①中篇小说—小说集—中
国—当代②短篇小说—小说集—中国—当代 Ⅳ.
①I247.7

中国版本图书馆 CIP 数据核字（2022）第 250527 号

著　　者　周　雪
责任编辑　胡　笋
责任校对　贾　丹
装帧设计　中联华文

出版发行　中国文联出版社有限公司
地　　址　北京市朝阳区农展馆南里 10 号　　　邮编　100125
电　　话　010－85923025（发行部）　　　85923091（总编室）
经　　销　全国新华书店等
印　　刷　三河市华东印刷有限公司

开　　本　710 毫米×1000 毫米　　1/16
印　　张　15.5
字　　数　161 千字
版　　次　2024 年 3 月第 1 版第 1 次印刷
定　　价　78.00 元

To the Silent Storm

目录

修改人生

那些近乎残酷荒唐的人和事，其实早已向他袭来，顺着生活的洪流，顺着那一千二百元救过他命的非法所得。

挂了电话，宋顺把手机放在书桌上，无意识地挠了挠头，脑子有片刻短路。他把钱包从裤子口袋里掏出来，连同手机放进抽屉，关上抽屉，原地站了片刻，又打开抽屉拿出手机，看了看屏幕上的时间，复原后又放了回去。

这一天鬼使神差般地来了，在八月晴朗的下午。

阳光穿过警车玻璃，照在冰凉的手铐上，宋顺没有想过这一天会到来，而且在他一筹莫展之际——生活向来会开些玩笑，那都"本是"在所难免的，但还是令他始料未及——在小儿子出生二十天，自己二十六岁生日到来之际。

刑期，从这一天正式算起。

中蛊般的场景，再次一幕幕于脑中闪现。他恍然，失误了，那时候应该宁可信其有的。

去年冬天，昆明罕见地下起大雪。

在医院病房给母亲洗完脸后，宋顺埋头走上天桥，对面有一家口味还算地道的面馆。在那些焦头烂额的日子里，那家面馆给过他

修改人生

最多的柔情与温暖，从胃蔓延至全身。也是在那家面馆里，他收到过两个好消息：一个是母亲醒过来了，另一个是他前前后后谈了数月的所谓项目终于有了眉目。虽然不过是从瓜农手里收些葫芦，加工成葫芦丝后再批发给当地旅游景点摊，但这已经足够令他欢欣雀跃了。

"先生。"一个满脸胡子、头发油腻、衣衫褴褛的男人从天桥那头迎面而来，宋顺本能地避让。

"我们找你很久了。"对方跟上。

"警察?"宋顺疑惑地放慢了脚步。

"不是。"对方说，"你没犯事吧?"

"嗯?"宋顺转脸多看了一眼那个男人，警惕地捂住自己的夹克口袋。

"一两句讲不清，找个地方，坐下聊。"对方企图拉住宋顺，那长久未修剪的指甲从宋顺的袖子上划到手背上，在他冰冷青紫的手背上划起一丝白痕。

"长话短说。"宋顺拍拍肩上的落雪，顺势挡掉对方的手。

"事情很多，讲了你也不一定记得住。"对方张开双手，试图拦住宋顺。

"没欠……你钱吧?"宋顺吞咽口水，舔了一下干裂的嘴唇，想起昨天才在副食店有过欠款。

"没有。"男人赶紧说，"没有没有，绝对没有。"

"哦。"宋顺松一口气，"那没大事吧? 边走边说。"

"我不能走远。"男人变得严肃起来。

"不能走远？"宋顺回头看了看天桥对面的医院，"我母亲住院，病房就在前面。"

"我被指定在这里等你，只有五百米的活动半径。"男人认真地说。

"医院就在前面。"宋顺继续往前走。

"超出范围了。"男人说。

"又是哪个公司派来的？我说过不做传销。"宋顺说。

"超范围了。我试过，这件事情很重要。"男人说。

宋顺看着眼前的这个人，从带着母亲妻儿来到昆明以后，他见过很多光怪陆离的事，他迅速把男人划入那些事之中，他正在尝试如何识别人，尤其是陌生人。

"我母亲在医院急救，刚刚脱离危险。不好意思，我还有些事要处理，还要回去陪她。"

"有 1007 个人找你，我是最容易接触到你的。"

"1007？我——被调查了？"

"不是，一时和你说不清。"

"对不起，我真的很忙，有事找别人吧。"

"先生。"

"传销？"

"不是。"

"不是传销，我又没欠你钱，拉客户也不是这样拉的。"

"真的有很要紧的事。求求你，救救我们。"男人跪下恳求。

"你是不是认错人了，我是天天出入医院，但我不是医生，我是病人家属。"

修改人生

"没有，我们找的就是你，'宋顺'，是不是？"

"找别人吧，我帮不了你们，我比你们看到的要无助得多。"

"我们真的很需要你的帮助。"男人强行挡住宋顺的去路。

"我小女儿，发高烧刚刚退，母亲也刚从急救室转出来。出租房前天就到期了，客户订的货得马上交，还没收到葫芦，我老婆去考试的报名费还没有着落。你看，下午三点了，明天输液的钱都还没着落，医院已经通知缴费了。你在这人来人往的天桥上，让我救救你，还说你们有1007个人，长点儿眼好不好？我就差跪下来求老天爷了，拿去吧，别再跟着我。"宋顺几乎失控地拿出一张五块钞票，又补了一张十块钞票直接给对方。

"我不是要钱。"

"你要别的我得有啊，我一不赌博二不嫖娼三不吸毒贩毒四不坑蒙拐骗……"宋顺没忍住怒火，咬住牙，这一刻，终于能有机会朝外面喊一声了。这几天他轻言细语，对母亲，对医生护士，对妻子儿女，对其他的亲朋好友，甚至对医院的保洁阿姨，他都客客气气。就算是在电梯里，他都保持着良好的站姿与体态。这些日子好像有什么压着他，喘不过气也出不得声，更不能形于颜色。

"只有你能帮我们。"男人目光诚挚。

宋顺没再答话，强行甩掉那人，此时电话响起，他停步接起。

"姐，放心吧……嗯嗯，我知道，不用来，忙得过来……嗯嗯嗯，好，姐，有电话进来，我先处理下。"

另一个电话进来，宋顺接起。这个电话来得很及时，他甚至心存感激，因为对方能真的听到他是有电话进来的，而非敷衍。这个时候，他并不想太多与人沟通，尤其是那些至情至爱却也各自深陷生活泥潭的亲人。

"你好……是的，是我是我……好的好的，马上到马上到。"他跑下天桥，那人果然没追过来，只是放声高喊："你不能走啊，好不容易找到你，我都快要绝望了，我们都绝望透顶了！"

男人摊开手，然后抱住自己的头，蹲在了天桥正中的路面上。

下了天桥，宋顺奔向不远处的公交站。

事实上，这一天他才绝望透顶。几天前从工友那里借来送母亲入院的电动车被偷了，刚刚接的电话就是派出所打来的。

公交车停在宋顺面前，他上了车从钱包里掏出十块钱递给售票员："官渡派出所。"

"票要吗？"售票员问。

"票啊，哦，不要了。"宋顺从车窗里探出头去看，天桥上那人正神情失落地注视着他，从桥面上的栏杆空洞里。

售票员递给宋顺零钱，撕了车票。宋顺喜欢听这种撕碎纸张的声音，让人清醒。

到了派出所，做完长长的笔录，签字确认内容的时候，宋顺才发现手背上的白痕已经变成红肿的血痕。

"可以走了。"做笔录的警察通知宋顺。

"什么时候能找到？"宋顺迟迟不走，他希望得到一个具体的答复。

"发票，有发票就管，没有发票就不管。"一个瘦高偏黑的警察整了整腰间的皮带。

修改人生

"发票没在身上。"宋顺说。

"每天这座城市丢的车上百，没法儿找。"警察端起保温杯。

"但是我母亲……"宋顺想解释，他需要这辆车，这辆车得找到。

"我们找到会给你打电话，回去等通知吧。"警察拧开保温杯，吹一口，细细地抿一口，再没抬头看宋顺。

从派出所回医院的路上，宋顺又遇到了那个在天桥上拦住他的人。

"这张照片你认识吗？"

"你认识我妈？"

"五天前她找到我，要我们来找你。"

"骗术高明一点儿可以吗？五天前我妈正在抢救室里上氧气。"

"这就是我来找你的原因。"

"你再这样，我要报警了。即使我身上有点儿钱，那也是救命的钱，这种钱你也下手？"

"我真不是……"

"一个月前，我老婆说在天桥上遇到了一个人，拍了一下她的肩膀，所有的钱就都没了。"宋顺想起妻子无故失去的钱。

"我真的不是……"

"不是就离我远点儿，被骗走的钱是我女儿拍百日照的，所以我女儿没有百日照。"

"她以后会更幸福。"

"这个我信。现在我的情况，不管你是不是骗子，人心都是肉长的，对不对？"

"对不起，你别走。"

"什么骗术你们，还生拉硬拽？"

"真的，求求你。"

"我不是你的目标客户。"

"求求你，你记得宋侃吗？"

"不记得。"

"好好想想，那个恐高的人。"

"不知道，你别烦我了，拜托。"

"那个从安全架上掉下来的人。"

"我就只差要从这里跳下去了。"

"再想想，从安全架上掉下来的那个人，有个工地，记得吧，有个工地。"

"像那样的事工地每天都在发生，我不知道你在讲谁。"

"你想起来了？"

"我压根就不知道你讲的这个人。"

"你再想想，腿抽筋儿抽醒的那个。"

"你要多少钱？再这样我要报警了，我刚从派出所出来，有他们电话，这五块拿去。"宋顺掏出乘务员找的零钱。

"不要，我不是来要钱的。"

"你要做什么？"

"能不能不要腿抽筋儿？抽筋儿也可以，能不能别恐高？或者就算掉下来，那个架子能不能矮点儿？"

"什么？"宋顺回过头，那个人却没了踪影。

　　宋顺小步跑回医院，看见门口有人正在送热粥，他准备给母亲带一碗，于是摸了摸钱包，发现钱包不翼而飞，里面有身份证、银行卡和极其少量的现金。

　　手机还在，他在慌乱中镇定下来。

　　只要手机还在，就可以算作没丢什么。不知从什么时候开始，宋顺开始依赖手机，仿佛他的所有都在这个手机里，也确实是在这个手机里。

　　扫描粥桶上已经有些泛白的二维码支付，取粥，排队，上电梯，进母亲病房。看母亲吃了粥，宋顺给她分配了药片，倒一杯水，看她吃下后安定地睡去，便又返回派出所。

　　这一次，他是去报警的，他告诉另一个警察，他的电动车丢了。

　　警察依照惯例问询，宋顺如实回答，笔录结束。

　　"回去吧，有结果我们会联系你。"警察从签过字的笔录上收回目光，转而看向他极力掩饰但依然失魂落魄的脸。

　　宋顺点点头，站着不动，努力挤出一丝不知所措的笑。

　　"保持手机开机。"见宋顺没有离开的意思，警察补充。

　　从那天起，宋顺就开始等通知——等来自派出所的通知。

　　宋顺心事重重地回到医院，他不想让母亲看出他的忧虑，他就像一只还不会走钢丝却要马上上场表演的猴子。

　　母亲虚弱地起身，他要最大限度地表现得从容。

　　明天还没有到，明天一定有明天的办法。宋顺的脑子里莫名地出现了一些诸如"船到桥头自然直""事到事了"之类的词句，算是强行镇定和安慰自己。

"外面冷不冷？"母亲虚弱地睁开眼睛，连续咳嗽了几声，抬头看了看窗外。

"不冷，不算冷。"宋顺回答，然后走近母亲。

"想出去走几步。"母亲那瘦得皮包骨的腿从病床上挪了下来，她的脚没有够到床底的手织毛线拖鞋。

"医生讲过的，就只能在里面活动。"宋顺说，"过几天好点儿再出去。"

"就走两步。"母亲用消瘦的双手搓揉了几下她那张同样消瘦的脸，祈求地看向儿子。

"那等等，不咳了再出去。"他像是在哄自己的孩子。

大概过了十分钟，母亲喷了药，果然慢慢呼吸平稳，依旧一脸祈求的神情看着儿子。

宋顺扶着母亲在医院走廊挪动，走了两圈，他都没有说话，只是母亲一直在断断续续咳嗽，他有些走神。

"妈，你认不认得一个叫宋侃的人？"宋顺想起天桥上那人的话。

"哪里的？得的也是我这个病？"母亲驻足。

宋顺愣住，一个骗子的话，何必当真，竟然还给母亲说，这是不必要的麻烦。

"哦，对对，人家心态好，听说没住几天就出院了。"宋顺顺水推舟撒了个谎。

"医生护士都这么跟我说。"母亲缓慢地移动脚步。

"所以你要听。"宋顺的脚步跟着母亲缓缓移动,侧身让一个推着换药车的护士经过。

"我听的,早点好。"母亲看护士的背影。

"那我们回去休息吧,医生说要静养。"送母亲回病房歇下,宋顺在走廊来来回回走了半个晚上,除了偶尔看母亲是否睡熟、喝水。

他把电话通讯录的名单一遍遍地翻,没有打出去一个。

他徘徊在医院走廊里——这是电影里才有的情节,他正在经历。他没有抱头靠墙蹲下,因为根据剧情,那意味着将出现不可控的场面,他要让一切变得可控,哪怕只是心理上的。

心可控便万事可控,他想。

天微微亮,晚间电梯的门打开,他下楼到对面餐馆为母亲买饭,顺便走走。

穿过天桥,又碰到个脏兮兮的人。

"记不记得双胞胎穿越不同时代的故事,有一个被螺丝钉锈感染了?"男人凑上前来。

宋顺无意识地攀靠到桥的另一边,一只手扶着栏杆。

"再纠缠,我就从这里跳下去。"他一只脚已经迈过了栏杆。他看起来极其认真,一点儿也不像在开玩笑。他不知道这些人为什么总要盯着他不放,走到哪里都来烦他。

看着天桥下往来穿梭的车辆,他回过神了:这不是他应该做出的行为。

"那你想想,曾经写过的人,可以吗?"男人求他。

"写什么人，不要烦我了。"宋顺握紧栏杆。

"五年级时你写那条小狗，说是爸爸从外面捡来的那条，后来活了，你还给它起名叫卡卡。"男人说，"想起来了吗？下来讲那条卡卡。"

宋顺迟疑地下了桥栏杆，那条小狗是带给他最多欢乐的，他还在讲台上念过那篇作文——《我最喜欢的小动物卡卡》。

"我们是同学？"宋顺问。

"不是。"男人答，"你想起来了吧，是不是？"

"卡卡是你家的？"宋顺问道。

"不是，你还记得吗，卡卡咬伤了一个人。"男人说。

"不记得。"宋顺说。

"记起来的时候能不能给他们改一改？"男人说。

"改？什么？你在说什么？"宋顺疑惑。

因为"卡卡"根本不存在，所以对他来说，关于"卡卡"的一切，最幸福温暖的事情，莫过于站在讲台上念作文，如此而已。"卡卡"只是一条活在他幻想中或者说笔下的小狗，在他五年级的时候。

宋顺断定，这个和他说话的人是能够无意中拿走别人钱包的。他握着手机飞奔下了天桥，回头已不见那个和他说话的人。

回到医院，宋顺换了西服，特意打了领带，这是他打算去跑业务谈项目的时候穿的。这套西服是他婚礼那天穿的，是唯一一套量身定做的。穿上这身衣服，好像医生和护士对他的态度都发生了巨变。

修改人生

也就是这个时候，他在母亲的病床前想起从小学五年级开始，他写过的那些内容真实或者虚构的作文。这是他第一次在医院穿西服，前几天，他就是个"屋漏偏逢连夜雨"的落魄小子，至于为什么要穿西服，因为他在卫生间的时候，听到两个病人家属说，在医院要穿好点儿，穿着直接影响病人康复的速度。

宋顺把这理解为精气神。他想，有人之所以那样说，是因为一个人在任何时候的精气神，是直接和他的命运产生关联的。所以那天他跑回昆明的出租屋，从箱底取出有褶皱却新的衣服，但一直没有穿，他不想让母亲看到这身衣服后感到局促。

果然，护士过来问："病人问要不要给您加条毯子？"

"不用麻烦了，谢谢。"宋顺低头继续回想。

见到天桥上的人后，他开始有更为明显的变化。

"您总在沉思。"护士小姐说。

"没有。"宋顺笑得很礼貌，这个笑，似曾相识。终于，他想起来站在讲台上读的作文里，确实有个被卡卡咬伤的人，还有那个恐高的人。

宋顺停下来问母亲要不要喝水，母亲说刚喝过。

他想起天桥上碰到的那个头发油腻的人的话，如果非要有一个什么毛病的话，要不还是让那个恐高的人变成个大舌头算了。

他在心里删掉了那人结结巴巴的对白。

他问母亲："妈，给你剥个香蕉？"

"不用，我不想吃。"母亲回答，她看起来日渐消瘦。

宋顺突然高兴起来，让那个恐高的人厌食吧，可是想着想着，他又难过起来，因为他想到那锅热气腾腾的鸡汤，他不能那样绝情和自私。

电话响了，宋顺接起电话，快速和母亲交代了几句，便跑着出去，买了一碗米汤回来。

母亲喝了些米汤，有电话不停地打来，多半是些广告，刚刚接的一个，是独栋别墅的推销广告。

母亲说："有事快去，输液护士会来，能吃饭了，不用一直看着我。"

宋顺犹豫了一下，走出了病房，他并不确定要去哪里，只是也不想这样看着母亲的输液瓶一滴滴地往下滴水，幸好这个时候派出所来了电话。

来到派出所，梁警官把宋顺带到接待室："找到了，就是这个人。"

宋顺看了看那个人，灰头土脸，手上布满裂口，破衣烂衫。从画面上看，很像是天桥上一直要求他帮忙的那个人。

此人并非主犯，多处监控录像显示，他把车骑到公园门口，另一个人来接了，每次都不一样。口供也交代得很清楚，每次别人给他二十块钱，请他把车骑到指定地点。

因为没有找到主犯，宋顺又回到医院。

宋顺第一次隐隐感到难过——为可能真的曾被写过的人。最后，他在心里让那个恐高的人爱吃螃蟹，把以前恐高的人如何做危险的梦、高空擦玻璃和接砖头，改成好友送他一套吃螃蟹的工具，整个秋天都在吃螃蟹，又鲜又美。想得没有苦难病痛困惑，风雨兼程千辛万苦披荆斩棘去做的事情，只为寻一瓶好的黄酒来配朋友送的螃蟹。然而，想得如此美味的他，是一个海鲜过敏者。

他让那个骑着三轮车卖菜的小贩娶了个年轻貌美的妻子，妻子孝敬公婆，温柔贤淑，相夫教子；他让那个恐高人的朋友，不是一个人在雨天吃火锅，而是变成了一个项目经理，每天和很多人说话、吃饭，不再孤独；他让一个在四十多岁已经秃了顶的人，长出茂密乌黑的头发，爱车如命却学不会开车……

在医院的这段日子，在多病的母亲面前，他想清楚了很多问题，开始明白一些事情要用怎样的方式去做。那些他想起来的故事，都在心里给它们改了新的结局。

妻子来电话，说孩子发高烧，他给医生护士交代好母亲的情况，飞快地回到出租屋，看着额头上贴着退烧贴的女儿，心若油煎。女儿几天没有看到宋顺，一见到他，嘴一撇，就哭出来了，眼泪吧嗒吧嗒地往下掉，他抱了好久才平息了女儿的委屈。

高烧渐渐退去，女儿说："爸爸，你给我讲个故事吧。"

宋顺开口："很久很久以前，人们不再期待黎明，因为没有黑夜。有个生活在云上的精灵……"他几乎被自己吓到，此前，他的世界里根本不存在"精灵"这样的词语。

"是不是有好精灵和坏精灵?"女儿洋溢着期待，"爸爸，夜晚就是黑天，不是白天，是用来睡觉的吗?"

"是，春天开杜鹃，夏天开茶罐花，秋天开蔷薇，冬天开梦花，山里住着面包人。面包人的家园每七年被乌云精灵害一次，幸存下来的面包人重建自己的家园。乌云精灵怕一种神树释放出来的气体，有的白云精灵会变成乌云精灵，乌云精灵想把地球变成沙漠。海里没有水，全是牛奶和排骨汤，白云精灵只有路过人类的家园才会有淡水，科学家用牛奶和排骨汤分解水。坎蒂和城市建筑师要拯救地球，坎蒂有条可爱的狗叫卡卡。不，叫点点。每帮一次坎蒂，点点身上的斑点就会消失一块，如果斑点全部消失，点点就会死亡。坎蒂懂得动植物的语言，喜欢和修烟囱的老人讲故事，她看到老人的手超级长。坎蒂的爸爸是个著名的厨师，会做非常好吃的糕点。他们最怕夏天，太热，没有水，楼顶储存着水。坎蒂和点点去玩，捡来一些神树种子，但是他们并不知道是什么。乌云王发现没有砍树，开始四处游荡。乌云王最喜欢工厂，乌云队伍越来越大，工厂越来越多。城市建筑师发现越来越离谱，建筑都违背规律，城市幽灵出入其中。建筑师无法阻挡，大雨淹没整个城市，城市幽灵出来吃人的灵魂。植物学家开始寻找神树种子，他走遍全世界，来到坎蒂居住的镇上。顺着雨柱子，能见到云精灵。面包人依靠吃自己和花瓣生存。魔藤长在地上。坎蒂的爸爸本是个金融骄子，为了照顾坎蒂和姐姐，他辞职开了饭馆，在河边。坎蒂的爸爸时常照顾一些流浪猫狗，点点就是他在河边捡来的。每个物种都生活在自己的世界。他们需要能发出光和热的东西。点点开始变成一条有魔法的小狗。人们怕黑夜，却不知道不黑才是更恐怖的。没有黑夜，植物就会灭绝，其他生物将会受到破坏，宇宙停止涌动。人们为了存活下来，不断在白天和黑夜之间奔走。为了抢占资源，死了很多人，还会有更多的人失去生命。为了修复宇宙，各个星球上的生物开启了漫长的历程。黑夜消失，世界就会消失。没有植物就没有氧气。科学家不能解决没有夜晚的问题。科学家研究地球的自转，人类不能推动

修改人生

地球的转动。电视上开始播放有人去了别的星球。气温无法平衡，人能看到水上涨，海面上升。夜间动物最先消亡。世界上全是黄金，人们找煤炭，煤炭却容易消失。"

宋顺莫名地一口气讲了下来，文不对题，言不由衷。孩子早在他的臂弯里熟睡。看着女儿天真无邪的小脸，他眉头舒展。

宋顺的心里形成千层波浪，好像混沌中毫无关联的事物突然有了联系，仔仔细细面对每一个困难。他从来没有想过，他满怀过的希望如今要找谁改写，他绝望透顶时又透出来了光，一定有人动了笔。

此时，宋顺想起，他的一个同学，因不堪生活重负从楼上跳了下去，当即走了。可半年后，他的专利卖了，如果他还活着的话，那是能够过一辈子的钱。

好好活着，是要给孩子们灌输的思想。活着才意味着一切，才有未来。

女儿醒来后高烧退去，小脸红扑扑的，哭喊着找奶奶。宋顺和妻子相互看着对方，最后宋顺背起孩子，他们走上去医院的路。

女儿看到了气球和灯笼，吵着要，他们没有买，说是等看到奶奶以后让奶奶买。

宋顺从来没有像现在这样渴望年能够晚一点儿到来。他记得，才在不久前去拜了年，如今又要去了。岳父母那边的亲戚都得走到，这是规矩，他没有想到过回避，只是，不能来得这么快。在送什么礼物的问题上，他听妻子的，大方向他把握着，只要妻子不是特别不合理的安排。规划的时候，他还是开了口，不然老祖和姑奶家，都还是一样的吧，水果或者牛奶。

妻子说有什么不合适的，去年不也是这样送的，也没见哪里不合适。他还想说什么，幸好来了个电话，他接起。

是关于母亲药物的问题，还有要不要转院的问题。

他让妻子和女儿去挑选气球，他不太想让更多关于母亲病情的事传到妻子耳朵里。日子总是要过的，得朝着好了去过，那就得有人负重前行，有人轻装上阵。

接完电话，妻子问确定了没。他说还要最后观察几天。

妻子问："拜年时水果和牛奶这样的事情，还要观察几天？"

宋顺说："都买。"他看了看妻子，再看了看孩子，重复了一遍："都买。"

孩子挑了两个红红的气球和一个小猪佩奇气球。宋顺的脑海里闪现出工地上开挖掘机的少年，风华正茂，来了不到三个月就被排挤走了。他走在路上想起这件事情来，他是见证者，但是他没有出来做证。被谣传的话他听得清清楚楚，但是他没有挽留那个少年，甚至没有伸手拉他一把。这是优胜劣汰，他要尊重工地生态。工地这种地方，少年不合适，他才开了不到三个月的挖掘机，这应该只是他人生里少之又少的一件事。事情过去了很久，现在才想起来，他应该是要给自己做些准备的，那时候的他怎么会是那样。

年关将近，虽未痊愈，但母亲强烈要求出院。

母亲出院回到家里，除了至亲，便再没有人来看望她。并非无人关心，只是她周而复始地病了又好，好了又病，大家习以为常，以为她生病住院和感冒应该没太大差异。病中的人本渴望问候和关怀，因此母亲失望，流露在那些细微的表情和动作里。

19

其实，很多人是关心她的，只是没有人知道她又被抢救过一次而已。她觉得自己是进过鬼门关的人，应该得到更多人的问候，她会把自己的病一遍遍不厌其烦地讲给大家听，保证每回复述差别不超过五个字，她讲得比谁都清楚。她在别人有事的时候都尽心尽力，觉得自己的病没人关心，因失落又病倒，又住了院。

宋顺的朋友来看望他的母亲，母亲高兴，心里宽慰，喜上眉梢。

十分钟后，那个朋友的车从医院门口消失，宋顺过意不去，赔了那辆车。本来朋友说可以不赔的，但他还是决定赔，他说要不是因为来看望母亲，人家车也不会丢的。因为那个朋友其实是他叫来看望母亲的。

母亲开始发现没有什么人可以讲心里话，和兄弟姐妹她也不说，她既不想让大家担心，又期待有人问候。她有着极强的分寸感和自尊心，就这样，她的病活活长成了身体的一部分。

宋顺像被自己按着快退，退回到了小学五年级，他遇到一个没有放弃他的老师。

那是他想象中的老师，这一回，他想得真是好，他在小学抽烟被老师发现，老师告诉他："你要好好的，你要好好学习。"

他退回到小学五年级那个在网吧里鬼混的下午，一个叫姜向的老师把他带了出来，没有告诉他的家长，而是和他聊了好久，还送给他一支蓝色圆珠笔。

快退好几次，他都一遍遍地回到小学五年级，他不太能记得清楚班主任长什么样子，但让他刻骨铭心的是，那是个刻薄不配为人师表的中年男人，但曾多次被他描述成一个谦谦君子。

腊月十五，母亲的病情稍微好转，决定回家过年。

回乡路上，整块整块的田野和山林被冰冻住，宋顺想起自己曾写过的一篇作文，那是他写给远方表姐的一封信——事实上，他并没有表姐。从那篇信开始改写，他把题目写成"给我亲爱的笔友"。

他想到对方很可能会这样说："很高兴收到你的来信，希望我的帮助能真正对你有用，我也只是出点儿微薄之力，我的爸爸妈妈也希望你能有机会来上海，这样我们就能带你去吃你想吃的灌汤包……"他不太清楚这样想的理由，好像只是顺从了时下的心意，他也并没去过上海。

在后来《难忘的一件事》里面，他把一家人粉刷新房子的故事，改成了一家人打麻将。他是真心恨过打麻将这件事情的，但是他突然觉得一家人打麻将和打麻将是两码事。

一个个地回忆起来，他都没有想到过，他会在那些带着上课铃的课上囫囵地写下文字。

他把那个毫无耐性的酒鬼，想成了一个积极乐观的善于沟通的设计师；那个不善于控制情绪的木匠，也变得极其温柔；对待时间，

修改人生

那个彻夜不眠的年轻妈妈和孩子，在晚上九点已经进入梦乡；那条狂吠的狗，见到喜欢的人只是温柔地摇尾巴。他让那个因不孕而四分五裂的家庭去做了试管婴儿，而在此之前，他们用了所有方法；那个一直看不出北斗星的人，突然逻辑清楚眼神明亮地数清了星星的数量。

改着改着，宋顺长舒一口气。但是，他没有动那个不愿意从小事做起的商人，因为订单太小而不愿意动工的项目负责人，他一笔都没有动。再小的生意也做，这是他突然想明白的一个道理，但他不想教育自己年少时候作文中写过的人物。

他让那些人物重新去生活，去变得不一样。他从来没有想过，这样离谱的事情，就实实在在地发生在一个如此艰难的情境中。

回到老家，由于气温更低，舟车劳顿，母亲的病情复发加重，不得不迅速地住进医院。连续一周的急救，ICU 病房、氧气机、病危通知书，他假装镇定地面对茫茫未知。

微信群里大家在讨论再过几天就过年了，热火朝天地规划如何组局拜年喝大酒。一个叫"九州商贸"的人从小学同学群里添加了宋顺。随即，他给宋顺发来了一段祝福宋顺财源广进、春节快乐的语音，接着是一些莫名其妙的链接。

宋顺没有回，大家在想如何过好这年，而他不知道怎样度过今夜。

他在医院边不远处的小店喝了一夜酒，酩酊大醉地走在路上，好像看到了某天放学，他在球场上奔跑，散场后有人在写作业等他。他看向窗里，体会到了被等候的幸福。然而，他并没有在放学后打过一场球。

此刻，他正沉默着面对风雨，被卷入风浪。

他屏蔽了亲人，发了一些从"九州商贸"那里转发来的微信。不足一天，三把仿真枪分别卖给了三个微信好友，获利人民币一千二百元。

回到医院，他已无酒意，药水在吊瓶里匀速往下滴，母亲艰难地翻了一个身。病房门外有些慌乱，呼天抢地。他一惊，缓缓拨开人群，从那些哭声里识别，没有熟悉的声音，不是妻子，不是姐姐，不是，不是，都不是，他才迈开步伐。母亲好像听出了他的脚步声，微微睁开眼睛，看到他，又缓缓地合上，她已经对眼前的一切习以为常。

而宋顺，他携着恐惧走到母亲床前，又怕太近被母亲闻到酒气，他不想让人知道他喝酒了。他喝酒不是为了浇愁，只是为了壮胆。比如，刚刚拨开人群走进来的时候，他就是借着昨晚酒力壮下的胆。

醉意已消，他的恐惧却如早晨林中的雾霭，弥漫升起。

宋顺不敢继续想下去。母亲的病将何时康复？他只能想康复的事情，其他的东西不敢想象。想起那个在天桥上找他的人，终于不再任意主宰他们的生离死别，万幸的是，有惊无险，失而复得。他越来越渴望来自派出所的电话，因为钱包，因为被偷的车，因为可能存在的救命稻草般的星点希望。

修改人生

23

大半年后，派出所的电话终于到来，他首先想到的是丢失的钱包或车，没想到却是另一种人生的序曲。

他知道手铐冰冷，却不承想能冻得人手腕生疼。

狱中，他当然不知道母亲又进了数次抢救室，孩子们又轮番感冒发烧拉肚子，妻子又面临来自娘家的压力和朋友们的教唆。他给外面去的信，都一律报平安，回信里他写到关于改造及一些愧疚，而对于如何熬过那狱中的日日夜夜，他咬碎了牙往肚里吞，只字不提。

对他来说，如果这是人生必须经历的，他便欣然接受。

从这里活着出去，是此刻最要紧的事情，不能生病，也不能还手，无论对他怎么拳打脚踢，无论那些辱骂多么不堪入耳，他都只有一个目标——活着。

让他难为情的，比被痛打辱骂更让他想钻地洞的，是他剃光了头发被押送到看守所的那个下午，岳父远远地看到了他，这个画面使他从梦里惊醒了百来天。可能男人愿吃世间的苦，却不愿意让岳父看到自己的狼狈。

深冬，天寒，冰凉刺骨的水，难以下咽的饭，两小时轮值的夜，狭窄发霉的铺位，辗转中脑海里不断出现昆明天桥上那个下午的场景，那个天桥上奇怪的人在他的梦里打转。

伴着对家人无尽的思念，微光中宋顺展开白天从狱警处要来的信纸，动手修改那"1007"个人的所谓命运。他不希望他们也独自穿越无边黑暗，无人问津。

捂住胸口的剧烈疼痛，他把某个开篇为"回首往事，重重遗憾"的句子，改成了"回望平生，种种美满"。

春天幼儿园

1

整个大糯溪市被高温包裹。

左家的车从兴华大街拐入玲珑路，差点儿撞到突然拖着废品小手推车闯出来的拾荒老太太，左路下车扶起被吓到的老人，问是否受到了惊吓，要不要去医院。老人直着身体做伸展活动，向他摇头以示身体没有问题。左路一再坚持带老人去医院检查，老人不断表示没事。

老人说："我就会捡废品，不会讹人。"

左路从钱包里掏出几张百元钞票，说是一点儿心意，算是对惊吓老人的补偿。老太太硬是还了回来。

他回到车上，望着老人蹒跚离去，他始终没有想起是怎么走的神，怕热的他和老人说话的时候，竟然不知不觉忘记了炎热。

到家，楼梯上的地毯、走廊里的花、客厅里的画都是新换的。为了庆祝左路博士毕业，父母煞费苦心。左天耀和秦芳只差把整个家装修一遍，尤其是楼梯墙上的壁毯，还是请了秦芳的侄子秦浩来挂的，最为醒目。

壁毯是陈述特意托人从米兰带回来的，比左天耀当上市长的时

春天幼儿园

候，显然要隆重得多。那时候，他们甚至没有庆祝。

那时候左天耀的父亲还在世，住在糯溪市下辖的一个较为富裕的乡镇，而他们一家户口在另一个市。他是投奔岳父来的糯溪。可能因为这个原因，岳父对儿孙的要求甚至太苛刻，不让任何道喜祝贺的人出现在他的面前。也许正是岳父的言传身教，才有了后来的左天耀。

左天耀只会在生日的时候举行稍微隆重的家庭宴会，说是庆祝生日，其实他内心是用这样的气氛来调节母亲因为生他难产的悲痛情绪。往往这个时候，左天耀会用几个老旧的菜式，重温父亲还在身边时的艰难与温情。而这些，外人全然不知。就像这个世界上不会有人知道，他曾经因为想吃到什么样的小菜，失去过多么重要的人。年少时他们甚至曾经以为，会陪伴彼此一生。

2

对家里的焕然一新，左路不以为意，他差不多已经忘记了家里之前的样子。准确地说，他并不太清楚哪些是新添置的，哪些是旧家具。他沉浸在没完没了的实验中，一年就回一次家，而且还每回都是聚会吃饭，然后回去写论文，进行社会调查与实践。

左天耀当然不知道，儿子这次回来就不走了。左天耀总是像他故去的父亲那样相信，关于人生，更好的在后面。可儿子左路不会这样想，他信奉的是眼前。

左路眼前要解决的，是如何避开父亲实现他的计划。他预感到和父亲的矛盾无法避免，就像起初要办幼儿园的时候，左路跟孟丙吵得不可开交，倒不是因为资金股份之类涉及经济的事项，只是他执意要把幼儿园叫作育材幼儿园，而孟丙不肯。孟丙的意见很明确，如果不叫春天幼儿园，就一拍两散。左路问原因，孟丙对此没有具体描述，只讲就需要一个这样的名字。就像孩子之间的游戏，毫无缘由，就是喜欢。

即便孟丙不做合伙人，幼儿园也还是可以开的，钱也能到位，只是收利息。秦瀚答应过左路，可以比同期利率低一个点。左路不想从父母那里拿一分钱，从一开始就是这样计划的。

左路最后的屈服，倒不是不想支付利息给秦瀚，他的本意就是要和孟丙开一家像样的幼儿园，至少看上去像样。

如同左路预料中的一样，开幼儿园这个想法，并没有得到来自家庭的支持。堂堂市长公子、生物科技博士生回来开私立幼儿园，这事倒不是让父亲觉得脸上无光。如果儿子不回来，做什么都不重要，甚至在哪里都无所谓。但是作为市长，左天耀是真心希望儿子能学有所成，学有所用。不说多大的成就，至少要和别的同事的孩子有所不同。左天耀希望儿子能有一番事业，那是作为一个父亲对儿子的期待，同时他又希望儿子不要回来，最好能真正远离左天耀自己目前身处的职业。

然而，左路并没有按照父亲的愿望行事，回来后的第二周，就展开了工作。幼儿园的选址是被视为风水极差的偏远的糯溪镇的背阴斜坡处，上坡不成体系地长着些歪歪斜斜的树，下坡荒芜很久的庄稼地里如今早已灌木丛生，靠虎沟的地方稀稀落落地长些稗子。

左天耀和妻子两人单独去看过场地后提出条件，开幼儿园可以，往大了说这毕竟是办教育，前提是儿子不能亲自上课，更不能担任重要职务，只能做投资人，而且得是隐名的。也就是说，名字绝对不能出现在工商局的官网上，更别说对外宣称园长、教师或其他什么职务。

"哪里有生物学博士做幼儿园老师的理，考上大学的时候可是轰轰烈烈拿了市政府奖学金的，当初要知道培养的只是个半山腰上的私立幼儿园老师，还费什么劲！"左天耀抑制不住情绪，推开妻子秦芳递过来的参汤。

"你不是向来支持他走自己的路？"秦芳一只手轻轻揉左天耀的肩。

"别说我，你能教育别人家孩子，怎么就说不动他？"左天耀接过秦芳再次递过来的参汤。

"别的孩子，也只能约束他们不做违法犯罪的事，条件允许都支持。"秦芳的目光落在左天耀正在搅拌的参汤旋涡里。

"看来，你也是没有别的办法了。不做老师，到大学里来，还是个学者。"左天耀的希望有所缓和，他不是从心底看不起启蒙教育，而是太了解儿子，他不是一个做幼儿教育的材料，或者，他更清楚，儿子并不是为了做表面上的这个事业，他不敢讲这个埋藏在他心里的担忧，他甚至怕妻子从他的言谈举止里有所察觉。

"幼儿教育也是教育嘛，或者这是基因，你看我做老师不就做得很好。"秦芳小心翼翼。

"他做就不合适。"左天耀放下参汤，站起来，他的不安并非毫无缘由，那是一个父亲对儿子的全部了解，他所有的预感里，儿子办学这个行为尤为叫他不安，但是说不出更为有据的理由。

"算了，看来他也不是一天两天想出来的。"秦芳也了解儿子，势在必行。

左天耀从他对儿子的了解，解释不了为什么要办幼儿园。而这个原因又恰好是儿子向他隐瞒的，所以出于谨小慎微的性格和职业的敏感，一种强烈的第六感正在向他拉响警报。

3

市长办公室。

毛秘书敲开左天耀的门，拿来一堆文件，递到办公桌上。这些文件是春天幼儿园的办学许可证、食品安全合格证、消防安全合格证、民办非企业单位登记证、组织代码证、税务登记证等，法律范围内的程序，该走的都在走，该有的手续，一样不少，甚至有些文件远远超前。

左天耀清楚地知道，能够在短时间内顺利地把这些都办理下来，和自己多少脱不了关系。多少人是基于他的原因，第一时间签字盖章，这一点，他心里是有数的。总之，现在儿子的申请终于到了自己的手里，最后一关，新校址的土地申请。清晰明了的用地规划，幼儿园属于免征耕地占用税范围，左天耀看着眼前的文件，对儿子的心思越加似懂非懂，他只是隐约有一些预感，左路办幼儿园的目的是要那块地，但是要那块地是为了什么，这个问题就像一团乱麻。

左天耀让毛秘书先出去忙，他拨通妻子的电话，低声说："幼儿园开了就开了，但是申请新校址土地这件事情，你跟他说，以后别再提。"他没有等妻子的回应，就挂断了电话，这是他第一次这样坚决地对待左路的问题。但他心里清楚，这只是表个态度，在这件事

春天幼儿园

上他是阻止不了任何进程的。

在家里，办幼儿园这事情像已不存在，左路当父亲没拒批过，左天耀也当没有拿到过儿子的申请，秦芳在他们面前绝口不提。因为大家都知道，这已经是一个既定事实，谁也改变不了谁已经打定的主意。

半个月后，一份加盖了省委省政府公章的文件说是请市长过目。左天耀清楚，这是礼貌性地通知一下他，没有要征求意见的意思，毕竟一切合法手续都已完备，且附了可行性报告，以及省教育厅发的文件——《支持教育，从娃娃抓起》，同时，有省委下拨的立项款。

合法地使用土地是左天耀能想到的关于儿子要做的事情，其他，他一无所知。立项、规划、许可一样样清楚明晰地展现在他的面前，细致到用地方案、供地方案，以及所涉土地农民的官方安置补偿方案，清晰明了。法人栏也确实清清楚楚是左路的名字。以前左天耀在乎的是儿子能不能好好做学问，能不能光宗耀祖，但是现在，他只担心，儿子能不能保全身家。

保全身家是这几年左天耀最有感触的，他看见的和听见的，足以让他把这个作为此后工作的最大重心。

这些需要人情世故与复杂手续的事情不可能是左路自己出面去办的，他甚至都不太擅长利用市长儿子这个身份优势，所有的程序，都是秦瀚具体操作的，左路只是需要一个结果。

左天耀还是拨通了妻子的电话，这一次，他态度似乎缓和了许多："儿子的申请，上面批了，我答应他可以做幼儿园老师，但，必须卸掉这个负责人职务。"

这是左天耀最后的让步，他太清楚一个像儿子这样读了二十几年书的年轻人，是不会理解他现在的处境的，他也太清楚在这个位子上，每走一步，都有如履薄冰的感受。

秦芳说："他就是个孩子，能为什么事情负责啊？"

"还有，你敲打一下秦瀚，别以为我什么都不知道，除了他还有谁能把事情办得这么顺利？"左天耀说得一清二楚，事情办得越顺利，他就越是不安。一件可能不是很合法的事情越顺利地办下来，意味着参与其中的人越多，而左路，是这个事情的主导者。换句话说，他是要为整个事情负最后责任的人。

左天耀在这个位子上每走一步都小心翼翼。他做中学教师的妻子也每天会有无数人暗中盯着：是否收了学生送的礼，是否暗地里补课收过费，是不是体罚过学生，甚至有人希望她最好能和学生传出什么师生恋这样爆炸性的新闻。不是没有人这样设计过，只是都被他们一一化解了。当然，这些年一直水平如镜，不该发生的，都掌控在左天耀的视线和意志里。

他甚至能掌控，发生在他权力范围内土地上的大部分重要事情，但他从来没有为儿子规划过，他向来觉得儿子不需要什么规划。他以为需要规划的，他都在儿子读博之前就规划好了。左路这次回来，如果办幼儿园这件事情真的像左天耀直觉的那样，那就不过是一个遮掩，可是他很难想到，究竟要遮掩什么。

左天耀做得最好的事情，并不是他为整个糯溪市做了多少值得百姓歌功颂德的事，而是他知道如何教育好儿子，呵护好妻子，以及照顾好身边的工作人员。

家里，这一切好像也没有什么变化。左路依然按时起床，和父母一起吃饭，和蓝妈老李问好，按时出门，按时回家。他是整个"市长府"最有活力的人，如果他不在，整个家除了厨房，听不到任何响动。

左天耀自从在左路幼儿园的项目书上签字以后，家就回得早了，没有非去不可的场合，坚决不在外面吃饭。

秦芳比往常早一刻钟进门。通常这一刻钟的时间，她会在单位和同事们聊聊八卦，别人的家长里短是女人永远的安慰。秦老师进门就问："蓝妈，天耀回来了吗?"

"市长今天没出去，秦老师。"蓝妈回答。

"都忘记市长休假了。"秦芳像是自言自语，她要在蓝妈他们面前也极力地掩饰一些心情。

"市长是该歇歇了，从来都没见他休息过。"蓝妈从厨房里走来，她认认真真地将手上的面粉擦在围裙上。她确实没有见过左天耀休息。在外人看来，他们当官的高高在上作威作福，而在蓝妈心里，她知道这个彻夜亮灯的人如何殚精竭虑。

蓝妈和管家李叔人前人后都说，秦老师和左市长是他们见过的最和睦恩爱的夫妻，他们从不让对方单独在家吃饭。然而事实上，是大部分时候，如果市长不回来吃饭，秦老师肯定也没有在家里吃。

秦芳上楼，径直推开书房门，看到左天耀正在伏案疾书，她退回去，直到吃饭的时候，她在楼下按了铃。

晚饭安静祥和。

晚饭后，左天耀回到书房，秦芳洗漱后躺在卧室看一本教辅书。每次当她心乱如麻的时候，她都会捧一本教辅书，这样她能很快地从现实的困境中脱离出来。这是一个她自己也解释不了的现象，每当她捧起一本教辅书，就能很快地平静下来，思维清晰，呼吸平缓。就像那书中演算和解释的，已经是她生活尽头的全部标准答案，这让她感到心安。

很晚的时候，左天耀回到卧室，坐卧不定，反复彷徨。他用了平时能用的方法试图使自己平静下来，但都没有用，包括打坐与站桩。

"总觉得哪里不对，像是会出问题。"秦芳合上书，她能感觉到丈夫的不安。

"能有什么问题，做不好他自然就收了，哪里能有问题。"左天耀站在窗边，眼睛看着远处。

"要是知道是哪里，直接就给他解决了。"秦芳说。她不想承认，他们已经不了解儿子了。

"睡吧，他已是个大人了。"左天耀回头心疼地看着秦芳，他自己却站在窗边没有动，他知道这样的安慰于他们夫妻都是徒劳。

"那更不能拿前程来玩过家家。"秦芳这句话，像是在说她的学生，在那些不听话的孩子面前，她总说不能用前程玩过家家。她知道儿子是认真的，而这认真的背后，隐藏着巨大的危机，她不知道是什么，但她知道不会一帆风顺，因为她的直觉和推理还没出现过错误。她见得足够多了，作为左天耀的妻子，一个洞察一切的市长夫人。

"没那么严重。"左天耀拉上窗帘，他走到床边，轻轻地给秦芳披了披被子。

"但愿吧。"秦芳闭上眼睛，她害怕和丈夫进行更深入的交流和

春天幼儿园

探讨，因为他们会得出一个让彼此都恐惧的结果，尤其是他们在对左路进行过无数次的长谈与劝阻无果后。

左天耀和秦芳两人心思缜密，对于规避可能出现的风险向来保持高度敏感与警觉。左天耀隐约感到儿子做的事情可能只是表面合法，而他没有对幼儿园背后隐藏的风险与左路进一步沟通。他知道这个头一旦开了，就是父子关系走向决裂的不归路。然而不说又觉得有点说不过去。辗转中，或者是心怀侥幸，他觉得那就让左路撞了南墙再自己回头。

这一夜，卧室的灯到天亮，谁也没有伸手去关。

4

在家休息的日子，左天耀并不比上班清闲，他只是想再找机会问清楚，左路为什么非办个幼儿园不可，而且搞得动静如此之大，这块地连盖个大学都足够。

连续两天都没有找到合适的机会，左天耀索性直接在车库门口等左路下车。左路没有解释，也没有逃避，他像个即将进行论文答辩的毕业生，胸有成竹地面对考核，说想做的都写在计划书里了，并从车上给父亲拿了一份精致的计划书。

"有什么疑问您先看完。您提出的具体问题，我一定逐个给您解答。"左路关上车门。

"你从头到尾说一遍。"左天耀说。

"您这样面对项目可就草率了啊，秦老师知道可是要批评您的。"左路的手搭上左天耀的肩。

"这事不能糊弄，你得说服我。"左天耀移动步子，他们一同走向院子。

"市长老左同志，这份计划书比我更有说服力，肯定连标点符号都能打动您。"左路弹了弹计划书的封面。

秦芳听到动静，从二楼的窗户看到父子二人走来，听到他们直接上了楼。蓝妈跑进厨房，她给帮手小亚讲今天改糖醋排骨为老醋花生。这是市长和秦老师的习惯，蓝妈已经能清楚地感受到什么样的气氛吃哪些菜了，但是蓝妈自己也说不明白，为什么每次她改过的菜，都能使情绪和气氛有所缓和。或许就是因为她在这里住的时间够长，获得的信任足够多，已经能完全掌握主人家的心情与口味了。

父子二人上了楼，进了书房，良久，左天耀终于开口问，关于幼儿园，背后到底有什么样的秘密。左路的回答简单直接——没有。

秦芳下楼，进厨房，她要亲自做一道菜。她做的是刚刚被蓝妈从菜单上去掉的糖醋排骨。蓝妈看着这道被自己替换掉的菜，心跳加速，好像不仅仅是因为自己的自作主张，更是因为自己的心事被看穿一样。要不是秦芳赞扬老醋花生做得地道，估计蓝妈都要考虑辞职了。

菜出锅，秦芳没有让蓝妈按铃，而是亲自上楼。她不是想亲自喊他们下楼吃饭，而是想听听父子二人关于幼儿园的事宜谈得怎么样了。

左路正好出门，和母亲在楼梯拐角处撞上。

"小路。"秦芳有些焦急，但她保持着做教师的波澜不惊。被提升好几次校领导，她都婉言谢绝，请求只做个教师。即便是在左路面前，她丝毫未变。

"妈，您回来了，今天不在家吃饭，还您和爸二人世界。"左路说着微微欠身抱了一下母亲，轻盈地走下楼梯。

"这孩子——"秦芳看左路走下楼梯，欲言又止地站在原地。

"左路！"左天耀猛地打开书房门，几乎是喊出来的，他确实是被和左路的沟通气到了。

通常，他不会用这种口气和儿子说话，或者说，他几乎不用这种口气跟任何人说话，除了十年前在接待上访群众大会上，训斥那些没有落实好群众问题的下属官员——那是个大项目，钱是从他手里拨出去的，但最终没能到达群众手里，那是他唯一一次在大庭广众之下发火。

那时候，左天耀还不是市长。但那件事情他处理得相当漂亮，第二天，全部上访群众被一一送回，他被内部表彰，那也是时任市长的罗先勇给他下达的必须完成好的任务。

类似把事做得漂亮这样的事情，在左天耀身上数不胜数。总之，除了这次这样叫左路，左天耀很难想象，自己会有这样的行为。

"你不能出去。"左天耀冲到楼梯口，摘下眼镜，他紧紧盯着左路，妻子愕然。

"爸，我和朋友约了饭，老早就约好了。"左路打开防盗门走出去。

"你不能去。"左天耀几乎是跑下的楼梯，追出门去。

"是的，小路，今天是爸爸生日。"秦芳跟着左天耀下了楼梯，也一起跑出门，"忘记说了，本来是想叫秦瀚他们来吃饭的，但四月初四都上寺庙烧香了，懒得等他们。"

"难得你在，一家人吃个团圆饭。"左天耀近乎乞求，他几乎从来没有用过这种语气和左路说话，关于团圆，那是他流淌在血液里的渴望。

"这不天天都团圆？爸，您看我，每年在外还能记得给您打电话祝福，在家反倒没那么隆重了。"左路看看手表，距离和朋友约定的时间，确实已经很近了。

"今天除外，别的时候……或者，晚点儿。"左路说，"不过，爸，我和朋友约好了今天见的，我先去见见他，然后我们回来陪您切蛋糕。"

"约在哪里了，远吗？"秦芳看到左天耀脸色不对，气氛变得紧张微妙。秦芳开始注意到，左天耀不让儿子出去，应该是他们之前谈得并不好，想阻止儿子进行下一步动作。那么左天耀应该是从左路口中捕捉到了更危险的信号，虽然左路没有把真相说出来。

"凤凰酒店。"左路说，"不远。"

"李叔，李叔。"左天耀咳嗽着叫管家，"李叔，把大门关了。"

"老左。"秦芳扶住丈夫，左路几乎为这突如其来的场景不知所措。他还没有扣完刚刚换的衣服扣子，露出健硕的胸膛。

"是，市长。"李叔回答得语气平缓，动作却迅速。

左路清楚听到，李叔给院门上了锁。

是的，他出不去了。

5

被困在家的左路有他自己的招数，从小他就能在各种场合巧妙地临阵逃脱。他先是给陈伯伯家去了电话，找的是陈伯伯的女儿陈述。

左陈两家是世交，独生子女的双方父母早把对方视为亲家，大家心照不宣地往来，只是在等一个合适的时机。陈述是教育学硕士，向来被左天耀和秦芳器重，现在由她出面，整件事情水到渠成。

然而，即便是陈述的到来也没能改变左路出不去的事实。

大家商量后，达成了一致意见，让司机去凤凰酒店接客人。

由于陈述的到来，加上还要接待即将到来的客人，秦芳决定再重新做几个菜。陈述和秦芳在厨房，帮着蓝妈和小亚在厨房忙活。每年左天耀生日这天，秦芳都要做几道菜，那些菜都是很多年以前的旧菜，简单至极。现在基本没人再那样吃，粗粮拌野菜和清水煮肉、棋子豆腐，这些都只有秦芳会。左天耀珍惜，它们是他走过的路，吃过的苦，换来的胃。

左路打了几通电话，对方都没有接。

左天耀来来回回在花园走动，他要亲自看着左路，不能让他离开半步。

"爸，我是很重视您生日的，一会儿有很贵重的礼物会送给您，但您得让我出去。"左路笑嘻嘻地走向左天耀，他感觉到今天气氛的怪异，但是他自己说不上来原因，在心里想着，可能父母的生日这样的日子，确实应该踏踏实实地陪伴在身边，但他和朋友约定今天见面，已经是好几个月之前的事了。而且当时就是看着日历约的，这一天是父亲的生日，他要给父亲一份最好的生日礼物，除了在酒店订了桌，还打算把自己博士学位证和这些年的研究论文结集送给父亲，另外还有一块劳力士手表，那是他和朋友第一次用所学的知识卖专利获得的酬劳。

"今天不行，其他什么时间都可以答应你。"左天耀习惯生日这天别说是出门，甚至连开门都是忌讳的。

左路看出父母的坚决，决定另辟蹊径，绕到花园中的椅子上坐下。厨房的窗户开着，他看到母亲和陈述说说笑笑，嘴角上扬对着不远处的左天耀说："那好，可别再乱点鸳鸯谱了。"

"你自己做主。"左天耀退步，他明了年轻人。

"准了?"左路嬉皮笑脸。

"这件事，你自己决定。"左天耀说。左天耀算得上是胡乱让步。

"爸，好像最近开明很多，不过担心儿子夜不归宿这种事，小时候就一直这样，我都这么大人了，以后可以免了。"左路说。

"进屋!"左天耀面露严色。

左路起身，跟着左天耀进了客厅，陈述端来果盘放在他们面前的茶几上，并没有打扰他们父子，转身回到厨房。

"爸，来比比看谁葡萄籽吐得远。"左路从盘子里取了几颗葡萄，放进嘴里，这是他小时候在武侠电影里学的。

"坐下!"左天耀正色。

秦浩打电话来说吃饭不用等他了，临时出了紧急任务。左路无聊地打开电视，刷微博。

6

"插播一条刚刚收到的消息，一辆小轿车在凤凰酒店门口被持枪匪徒射击。目前已经确定，被射击身亡的是市长的家庭司机，通过现场监控录像显示，暴徒施暴结束就逃离了现场，目前警方已经赶到，事件正在进一步调查中。"

……

左路瞠目结舌地看着电视里的报道，他把头转向父亲的时候，左天耀紧闭着双眼，靠在沙发上，紧紧地抱着双臂，神情好像显得非常虚弱。左路好像明白了什么，又好像更加迷惑。

半小时后，有警车在"市长府"停下来，公安局局长马轰亲自按响门铃。

"马局长您好，请容我给市长通报一声。"蓝妈不卑不亢地应门，然后转身健步汇报。她在左家见过各种各样的场面，比这个更大的阵仗，她都见过，还处理并解决过。

蓝妈开了门，马轰一行人径直进入。随后到来的是市长秘书毛乐，他是从侧门进的市长家。毛秘书引着马局长走到二楼市长的书房门前时，梁医生正好赶到。梁医生是毛秘书的爱人冯医生的老师，也是平时固定给市长看病的医生。

接下来到的是两个副市长，他们一前一后地来到"市长府"，都被拒绝探望。警卫把记者和看热闹的市民拦住，院外堵得水泄不通，没能进门的记者正好采访了门口的副市长罗季。副市长于峰没有下车，所以也就没有被拦截，他只是给毛秘书打了好几个电话。

一辆蓝色法拉利停在左家正门口，还没等按门铃，大门打开，是左路亲自开的门。孟丙几乎是从车里飞出来的，他拍打着左路的肩膀。

孟丙是左路的大学校友，也就是那个要出资办幼儿园的合伙人，除了出资和想了幼儿园的名字，孟丙根本不想参与任何与办学有关的实质性事项。要不是几个月前左路和他约好说今天是个特别重要的日子，他根本不会特意提前两天亲自开车出发。

"我去，你这接待规格也忒高了，都赶上首脑出访待遇了吧，你说我这见的是谁啊。"孟丙说完，手从肩上滑下来，紧紧地握住左路的手。左路沉默着迎接孟丙的拥抱。

"老爷子没事吧?"孟丙拍拍左路的背。

"没事。"左路心情有些复杂，他没有想到，第一次在自己的城市迎接孟丙，竟然是这样的情形，他甚至都有点相信父亲在书房和他说的话。他们就幼儿教育与土地问题的争论结果，是不是真的理应指向一个不好的结局。

原本左路和孟丙约在凤凰酒店见面，孟丙堵在路上，迟到了五分钟。就是这五分钟，让他目睹了市长司机被射击的全过程。但那时他并不知道，这个被扫射的人和他会有什么关联。

之后孟丙在来左家的路上从车载广播里听到像实习记者播报的一样断断续续的现场报道。令他疑惑的是，在此前他并不知道左路有个当市长的父亲。孟丙甚至以为，左路约他合伙做事不过是为了资金保障。

左路一年四季穿同样的衬衫，天冷了加个外套，天热了换个 T 恤。他是那种恨不得走到大街上都有人忍不住同情的人。

说起合开幼儿园，孟丙知道的，只是想一起做点儿什么事情，甚至连创业都算不上。用孟丙的话说就是一起玩，仅此而已。一切的起源为某新闻报道说孩子们入园家长报名要排好几天队，而那个幼儿园地段不好，师资也相当一般。

当初孟丙和左路一拍即合，现在的幼儿教育，简直是块儿肥肉，

春天幼儿园

在他们眼中是这样，在别人看来也不例外。更不谋而合的，是他们都充满遗憾的童年，或者说是幼年。

孟丙觉得自己的幼儿园读得还不够，他喜欢那个能反反复复从滑梯上滑下来都是头会先着地的地方。长大后他试过，都失败了，都中规中矩地滑下来，脚或屁股着地。总之，他就是想要办一所幼儿园，想什么时候滑就什么时候滑，想哪里着地就哪里着地。

而左路，从小到大就翻窗子、翻栅栏、翻围墙。他不仅要翻出去，还要在父母回到家之前翻回来，让他们毫无察觉。作为父母哪里会不知道呢，只是还在做基层工作的父亲和忙于日常事务的母亲顾不过来，所以视而不见罢了。这些，左路都像不记得了，他天然具备自动过滤不愉快的能力。

就像左路也不知道孟丙会开着属于他自己的法拉利来一样，他们彼此在大学里都极力隐藏。大学就是一个这样的地方，能把你的所有都藏得严严实实，只要你不想，就会像你藏的那样，谁也不知道。

但他们谁都没有告诉过对方理由，也没有人问起。

他们的童年或者幼年，不被人所知，无人过问，静默如谜。

7

孟丙和左路急匆匆上了楼，孟丙踩在左路家鲜艳柔软的地毯上，想念那个有着巨大吊灯和雕花栏杆的高楼层的家。那里的地毯已经很久没有换过了，还是那个富贵花开的图案。有时候他觉得那个地方很像酒店，他甚至怀疑，他们家的设计和五星级酒店设计稿都是出自一人之手。

要不是亲眼见到，孟丙是不会相信左路是市长儿子的，而且是糯溪市长，这个 GDP 在全省排名第一，多次被评选为宜居城市和文明城市的地方。

五分钟后，左路和孟丙下了楼，秦芳将他们拦回了二楼，示意两人先去左路的房间等候。

秦芳像没发生过任何事一样走进书房，她陪着左天耀见过太多心惊肉跳的场面，今天，只是其中一个与己有关的日子，而且都在掌控中。所以秦芳能在看到来人后依旧和陈述在厨房中忙碌，她不会让任何突如其来的人和事打断这个本来就特别的日子。她甚至在尚有众人的书房中端了热牛奶去给左天耀，马轰这才意识到确实应该离开了。

送走马轰，秦芳把左天耀扶去卧室，除了毛秘书，她让左天耀谢绝所有人。左天耀是在卧室见的毛秘书，当时秦芳就在门外，短暂的交谈后，毛秘书很快离开，并从左家带走了陈述。

听到毛秘书下了楼，左路就带着孟丙进了父亲的卧室。

"叔叔您好，我叫孟丙，是左路的同学。"

"你好，小伙子。"左天耀微微起身。

"叔叔您躺下。"孟丙向前一步。

"我们聊聊。"左天耀说，他并不能确定孟丙会真的和他说什么，只是单纯地说说话。

本来，孟丙是想要叫左天耀伯父的，但他还是叫了叔叔。

他想起自己的父亲，那个几乎可以算得上是自己兄长的男人，才比他大了不到十八岁。

8

孟丙的父亲去大学看过他几次，孟丙都没有正式向任何人介绍过，包括左路。

他看起来不羁而年轻，独自住在 C 市的别墅里，每个月有固定资金进账，那是来自孟丙母亲早先给他的资金做的投资。

孟丙的父亲比母亲小十五岁。他们宣称相爱，却各自生活，住在自己的大房子里。他们唯一的欣慰，是儿子读到博士毕业。在孟丙的记忆里，他叫过爸爸，但是父亲都开玩笑地说："叫哥，我可不敢当你爸。"

办幼儿园的事，孟丙先和父亲说，再给母亲讲，他们都欣然同意。在孟丙的父母眼里，他要什么都是可以给的。只要是钱能办得到的事，别说是办幼儿园，就算办个大学，开个医院，父亲有父亲的渠道，母亲也有母亲的办法。

只要孟丙愿意开口。

孟丙总不能理解，父亲常常带着年轻漂亮女人在外浪荡，却不肯与她们中的一人重组一个家庭。他声称爱那个比他大十五岁的女人，孟丙想，可能是因为人家为他生了一个儿子。因此，他继续浪荡，认为自己拥有爱情，也拥有亲情，毫无缺憾。

人和人的感情，在他人看来，多半无法理解。

亲情或爱情，孟丙不怎么想。他珍视友情，只觉特别缺个幼儿园，别的，暂时不缺。尽管已经博士毕业，但他总是做同样的梦，梦到从滑梯上摔下去，头着地，而每次做这样的梦，他都裹着被子在床下醒来。

　　而事实上，他从来没有上过幼儿园，他是在一个叫胡姐的女人背上或者怀里长大的。胡姐是最关心他的人，而他的母亲，那个在他硕士毕业时过六十大寿的女人，极少抱他。他的情感被迁移到有类似母爱的人身上，所以他会做胡姐不肯再背他了的梦。往往这时孟丙会起来看书，看生物学，他想要弄懂很多只有生物学才能弄明白的事情。

　　直到博士毕业，孟丙还没有明白他的那些梦境与他现实所拥有的之间的矛盾关系。或许是缺乏问题，所以他没有得到具体的答案。但是有一天当他从梦中惊醒时发现，如果有个自己的幼儿园，那一定是很快乐的事情，如果能叫春天幼儿园的话。他是在春天出生的，一个柳絮飞舞风沙漫天的季节，可是当初左路问起为什么要叫春天幼儿园时，他没有解释。

　　有些事，从来只适合秘而不宣。

9

　　左天耀卧室的光线柔和温暖，这让孟丙在和左天耀说话的时候感到舒适。左天耀自然也这样认为，他甚至希望和左路能像眼前这个小伙子一样聊天。随便聊点儿什么，可以是天气，也可以是食物或政治、经济，甚至女人。

　　左路和左天耀的父子距离看似亲近，实际上远不如孟丙和他父亲亲密，尽管孟丙从小不在父亲身边。

　　"开幼儿园这主意，是左路出的吧。你呀，别上他的当了。"左天耀微微靠上另一个枕头。

孟丙还没有开口，左路轻轻敲了下门，进了房间。

左天耀说："你先出去。"

左路说："这么不信任我?!"

左路看孟丙。

"我和叔叔聊聊。你，要不先去看看阿姨？"孟丙微笑。

左路合上门出了父亲的卧室，他还想问一些和今天的事有关的内容，但左天耀留住孟丙，他只能咬着牙忍住，心里的万般疑问如沉渣泛起。

左天耀的脸上开始慢慢恢复了血色，或许是秦芳端来的热牛奶的作用，或许是孟丙这个合伙人让他稍微安心一些，又或者仅仅是到时间了会自然缓过来。总之，他从头问了关于幼儿园的所有他心中的疑虑。孟丙毫不隐瞒如实交代，除了童年——他不能给一个从事行政工作的领导讲自己幼稚的想法，尽管那是真实且绝无仅有的。

"这样，我就放心了，好好干吧孩子。"左天耀说，而他说出这话的时候，更大的疑云才开始进一步笼罩。他在交谈中发现，孟丙不知道幼儿园背后的事情。如果左天耀的判断没有出现失误的话，孟丙并没有和左路"同流合污"。他很快意识到这个词语意味着不好的结果，如果不是孟丙，那同流合污的，难道是秦瀚吗？左天耀陷入毫无察觉的沉思。也就是那一下，他的整个心都跟着往下沉，他好像能感知到司机身上的子弹。

孟丙使劲点头，他不能通过任何语言和动作判断识别出左天耀的想法，刚刚经历的一切让他对这个家庭产生很难以言表的情绪。

"孩子"，从来没有人这样叫过孟丙，父亲差不多大部分时候是叫他"兄弟"。

　　不知道为什么，孟丙喜欢左路家，尤其是喜欢和左天耀说话，虽然他不完全知道他说话的时候究竟要表达什么深层含义。当他和秦芳说上话的时候，他便决定，不再执意回到酒店，而是接受左路父母的邀请住到左路家来。

　　但是孟丙不用回酒店这个得来不易的结果，左路并没有同意。

　　因为争执孟丙去留的问题，生日宴并未按照原定的时间进行。左天耀单独把左路叫进卧室。这一次，左天耀才知道，长大后的左路根本不在他的掌控范围内。无论是孟丙的去留，还是幼儿园的开设问题，在这场较为隐秘的父子谈判中，最终都以左天耀的让步结束。令他自己疑惑不解的，是他竟然亲口答应了左路不会再在幼儿园的问题上有任何为难。

　　正在左路想要拿"为难"来说事的时候，秦芳端着蛋糕进了卧室。左路把生日歌唱得尤其响亮，他似乎由衷地感到快乐，好像孟丙今天没有来访，就像那场刚刚发生的事件与他们一家毫无关系。

10

　　枪击事件的后续报道并未再出现在电视和别的媒体上，相关的调查结果也没有人再提起。似乎除了左家，没有人再关心一样。

　　漫长的等待让左天耀更加沉默，在往日谨言慎行的基础上更加小心翼翼。家庭中的气氛也不再是迎接左路博士毕业的喜悦，而是一种劫后余生的庆幸与慎重。

　　在秦瀚的督促下，幼儿园的建设有了新的动向，算是在静如死水的生活中的一点喜悦。

幼儿园奠基仪式上，孟丙第一次见到陈述。她穿一身黑色低胸连衣裙，头发高高绾起，某个瞬间，孟丙觉得，眼前的这个人简直就是母亲。

这种错觉，持续到他们对上话。

晚宴酒会上，左路和孟丙作为合伙人在场中举杯致谢。孟丙的目光落在人群中和秦芳说话的陈述身上，陈述也正好抬头看他。左路微笑，他的这一笑是孟丙没有见到过的。

左路在秦芳的带领下周到地招待宾客，左天耀自始至终没有出现，左路也没有期待，但是孟丙是希望左天耀能来的，因此好几次环顾四周希望出现奇迹。

"你好，孟丙。"孟丙伸出手，简单地自我介绍，他的笑自然而然地变成左路的那种。

"你好，陈述。你就是孟丙啊。"陈述介绍自己，适中的距离，得体的微笑，声音温润可人，却也能感受到坚定有力。

"幸会。"孟丙收回手。

"听路哥哥说过你，和想象中……"陈述稍做停顿，远处有人向她打招呼。

孟丙也把目光看向远处，陈述收回目光，说："一样。"

"他的描述与陈小姐的想象吻合度很高啊。"孟丙说。

"叫我陈述吧，路哥哥叫我小述。"陈述说，"其实，我只小他几小时，听说如果不是剖宫产，估计他得叫我述姐。"

"陈述小姐。"孟丙赔着笑，"我比左路大半岁。"

左路走过来。

陈述被远远走来的毛秘书搭了话。

"你可从来没跟我说过。"孟丙看着远去的陈述。

"你不知道的多了。"左路说。

"伯父怎么没有来?"孟丙环顾四周。

"叔叔阿姨怎么没来?"左路短兵相接。

"不问不问。"孟丙笑起来,他想起了大学,他们彼此不再问对方问题。

陈述呷一口香槟,举杯向孟丙致意。

孟丙心里猛然一震,陈述喝酒的动作,如果换一个有父亲在的场合,他会以为就是母亲。他已经很久没有见到过母亲,最后一次是一家三口在夏威夷过年。母亲话很少,孟丙觉得母亲可能是世界上话最少的母亲。在他见过的所有的其他母亲里,每一个都不厌其烦地唠叨自己的丈夫和儿子,而自己的母亲则不。他在某年的生日愿望里,甚至偷偷地希望上帝能保佑,母亲多说点话,像更年期女性那样最好,无理取闹的那种也可以,哪怕絮絮叨叨,只要肯说,甚至可以唠叨叮嘱他在未入冬的时候一定要加秋裤。

11

灯光柔和,孟丙泡在酒店浴缸里,陈述说话的样子、走路的姿势,在脑海中挥之不去。

他给左路打电话,本来是想要陈述的联系方式,却讲了些无关紧要的话。大概是酒意上来,他讲着讲着,第一次给左路讲了自己的经历。

酒店走廊的地毯上，倚墙而坐的孟丙说着清晰的话，来来往往的人看不出来他是醉是醒。服务员问有什么可以帮忙，他说把灯都关了就行。

服务员说走廊灯不能关并问他房间号时，孟丙保持和左路通话，起身信步走，两步之后，倒在地上，怎么用力都爬不起来，也不再回应电话那头左路的话。

服务员看他像一个中了三步倒毒的人，接过电话。

最后是左路送孟丙回的房间，但是这些，孟丙好像并不记得。第二天，他又变回了举止儒雅、行为端庄的孟博士。

左路再三邀请孟丙，提到晚上会邀请陈述，孟丙同意住到左家。

秦芳生日，只有陈述一家和孟丙，秦浩依旧打电话来说有临时任务来不了，而秦瀚，永远在忙，早上急急忙忙来了一趟就不再露面。

喝了些孟丙带来的红酒后，左天耀又开了藏了很多年的好酒。

左天耀有些醉意，他一反常态，说了些平常不说的话，说希望左路一直隐藏在那些普通人里面，说关于出国的事他相信没必要。他也不是全相信没有必要，而是在必要的时候，站出来，做个样子，能挺直了腰板说妻子儿子都没走。瑞士也没有账户，不怕查。可是左路偏偏要开办个幼儿园，政府的批地批钱一切看起来都和他没关系。他知道别人不那么看，换作他，他也不会相信。

左天耀停了下来，开始清醒地看到脑子里时刻有个警钟，说该说的话，做该做的事。他得冷静地面对一切人和事，家人也在其中，他或者他们这类人不存在倾诉对象。他想，也许有一天，也会开了窗就从市政大楼跳下去。但是他又坚信，手里能够拥有的，不能轻易就让出来，毕竟，他和新闻里报道的、通缉令中追捕的，不是一类人。他要自己这类人能够站稳脚跟，甚至希望，把未来交给他这类人。有时候，他甚至期望儿子能和他一样。但他也觉得冒险，儿子身上有种不肯低头的倔强，那是他感到欣慰的。但是，也正是这种倔强，打消了他对儿子成为自己这类人的期望，毛秘书都比儿子合适。

如此谨慎、敏感和警觉的左天耀，在预感到左路要利用那块地做什么不好的事情时，却放弃了阻止，这本身是不符合逻辑的，严重违背他做人做事的原则。可是，那个人是他儿子，儿子总不至于要害他自己、害父亲和这个家吧。这是左天耀在迷离中的一丝侥幸，正是这一丝侥幸，把所有他这些年酿成的蜜都通通化成了毒。

左天耀看起来不在任何派系里，事实上，他也没有派系。这也是他这么多年被委以重任的原因。很多人，包括秦芳在内的无数人，都以为左天耀一定有个坚硬的后台，不然他不敢如此行事，但事实上，除了这个家，他别无后台。严格说来，只有秦芳是他的后台，左路都算不上。

他有些醉意，是因为高兴。他自己的生日要忆苦，秦芳的生日要思甜。

大家开开心心切了蛋糕，陈述的目光始终在左路身上，孟丙大部分时间在看陈述。这一切都被秦芳和左天耀看在眼里，他们已经到了看一眼就能预测到结局的年纪。

12

春天幼儿园还没有落成开业，孟丙的母亲已来到糯溪市。她起初并不相信，儿子会在一个无亲无故的城市留下，且认真做起一件事情。

她来得很突然，是左路和孟丙去接的。秦芳和左天耀约了陈述，在左家设宴款待。左家留宿了孟丙的母亲和陈述。两人的出现，让局面显得有些异常。

陈述站在窗口，黑暗中玻璃的反光让她似乎看到了自己中年以后的生活，宁静里带着些不见底的暗涌，但是都静静的，翻不到海平面上来。直到孟母走近她，她才回过神来。

"阿姨您好，我叫陈述。"陈述有些慌张，这是她少有的状态，宛如照一面镜子，看到的是多年后的自己。

"我认识你。"孟母水平如镜。

"是孟丙跟您说起的吧。"陈述礼貌地说。

"比他更早。"孟母直视陈述的眼睛。

"那一定是路哥哥，向您说起过。"陈述的慌张像打翻糖果盒被发现的孩子。她并不是这样的人，更隆重的场合与更复杂的局面她都经历过，但是孟母这样的眼神，让她的心突然柔软的同时，也深深地揪了一下，她还不知道是为什么。

"没有人比我更早认识你了，孩子。"孟母看出陈述的心思，"晚安。"

待孟丙的母亲离开，陈述从楼上看下去。院中的秦浩不知是什么时候来的，一边踱步打电话，一边端着半块蛋糕直接啃。在外人看来，他是来给姑妈过生日的，实际上他是接到了来左家的任务通知。

秦浩抬头看到了正在看他的陈述，他举了举蛋糕算作打招呼，然后继续佯装打电话。

13

选址在半山坡上的春天幼儿园，自然少不了修路，修路的主要款项来自秦瀚。他西装革履地出现在电视屏幕上，讲述关于教育与道路、人才与未来发展的初衷和愿景。

宽敞坚固的道路很快在各方的努力配合下修通，春天幼儿园看起来更欣欣向荣。满足一切开业条件后，左路亲自操持了日常工作。就读于春天幼儿园的孩子大部分是孤儿和经济条件较差家庭的孩子，以及附近几乎全部留守儿童。

除了一两个从外面特招的教师，其他专职教师和服务人员基本都是本地籍的。

左路和孟丙在两年之内修了十七条乡镇道路，每条都有一个独立编号，从春天001到春天017，他们的目标是修到099。

也正是因为修路，触发了关于秦瀚的一拨投诉与举报热潮，关于道路征地与赔偿问题甚至发生过冲突事件。之后便是由此牵连而来的关于秦瀚的各种传闻，从古道热肠、年轻有为的企业家到唯利是图、心狠手辣的臭奸商，一时间越是辟谣越是传得沸沸扬扬。

立秋这天，秦浩被调到春天幼儿园所在地的派出所。

他已从警校毕业两年。离开学校那天，他雄心勃勃地做毕业演讲，关于正义，关于法律，关于权力，关于家乡，在阵阵掌声中将一切理想拉开序幕。

现在秦浩出门，依旧像刚毕业的时候一样，从镜子里看自己，表情得体，帽子端正，警服平整。第一次出警，用的全是在实习期跟师傅学的一招一式。渐渐地，他发现那些招数实际上并不适合。再从镜子里看自己的时候，他有意地将帽子整了又整。

到新岗位短短三周时间，秦浩从一个警察变得更像个邮递员，也变得不再像在毕业典礼上致辞的那个热血青年。因为他的口袋里总能掏出鼓鼓的信封，大部分是举报秦瀚的，有的实名，有的匿名。每天他回到住处，都平平整整地摊开那些信件，一遍又一遍地确认里面的内容。最后在卫生间地面上，掏出打火机，一张张烧在马桶里，然后放水冲掉。

结束这些，秦浩会打开音乐，吹着口哨洗澡，然后在阳台上的摇椅上睡去，在夜里三点半醒来。直到天亮，他再也睡不着。秦浩的脑子里盘旋着两个人，一个是表哥左路，另一个是哥哥秦瀚。

秦浩从那些被烧掉的纸条里得知，镇上的生意，没有一家不在秦瀚的势力范围之内。巧立名目的保护费由与他有关的人收，就连卫生费也是他们管。举报的内容甚至包括菜市场的摊位，通过借名等手段一次就买下来，再租出去，没有人知道他是多少钱买的，只知道他要多少钱，一定总会有人争抢着去送。

而秦浩以前知道的是，哥哥秦瀚是个热衷做公益、上电视、受表彰的兄长，也一直是家里的顶梁柱。人们如何看待秦瀚并不影响他私底下的真实生活，只是还没有人知道，他是如何贩毒、收黑废

56

品、批发假货、非法对外输出劳务人员、办物流公司运送违禁品的。

秦浩开始暗中观察秦瀚的产业，其中一个业务引起了他的特别关注。从表面上看，只是一个普通的对外输出劳动人员能力的培训场所，实际上却并非如此。秦浩无疑是矛盾的，他怕这个洋葱如果再一层层地剥下去，会露出一个他完全不了解的哥哥。

秦浩发自内心不希望看到，那个从小带着他穿过无数凄风苦雨的人，最终被他亲手送进监狱。他不敢往下想，他甚至不敢让姑父、姑妈知道。

而左天耀和秦芳也早就收到过类似的举报，最后都被秦瀚应付过去，他的说辞甚至与已知的举报材料和证据之间形成了一个完美闭环。他很认真地向他们讲述这些事的缘由，最终甚至请求展开调查，言辞中少不了委屈。

秦瀚说，外界都说他是凭着市长姑父、老师姑妈、博士表哥和警察弟弟混得风生水起，所以才对谁都不怕，包括对姑父、姑妈都毫不畏惧。他只对一个人是真心的，那就是陈述。

这些流传在别人口中的话，像谣言，但也无限接近事实，只是他在左天耀面前始终矢口否认。没有人知道，他成为这样一个秦瀚，所做的这些事最初动力也确实一部分来自陈述，但更多的是来自秦浩。

陈述和秦瀚的渊源，看起来是幼时在姑父家的相见，其实比这个还要早得多。在成为陈述之前，她只是一个孤儿院的孩子。

专程向左天耀和秦芳解释和保证过所经营的范围合法后，秦瀚郑重地向他们告别，因为接下来的一段时间，他要出趟远门，说是考察一个项目。

春天幼儿园

14

修路期间，孟丙总是带着工人亲力亲为，受伤也是常有的事。

孟丙走进一家叫铭铭诊所的私人诊所，要了一张创可贴，他看了一眼墙上的 Wi-Fi，自然地连接上。

这家诊所位于十字路口处，灰色的二层小楼被一排更高的楼层包围，显得有几分破败之气，好在门口的红色"十"字和绿色的名称牌为诊所增添了些许生机。医院的主人叫冯铭铭，丈夫调任市委秘书，她放弃异地医院工作，跟随丈夫来到这里。

诊所内干净整洁，不像别的同类地方充斥着消毒水的味道，取而代之的是清清淡淡、若有若无的清香。这是一个看似宁静却暗藏着疯狂的地方，门口坐着一排用手机玩游戏的老中青各年龄层的病人或家属。

孟丙被这个地方吸引了。至于具体是什么吸引了他，他说不清楚，可能是诊所的花香，那花香让他有一种在家的感觉。母亲从来没有让家中的花瓶空过，也从来没有让那些花枯萎。以前他的注意力从来不在这些物件和气味上，但是它们悄悄地扎根进他心底的荒漠。

第二天，孟丙还是来买创可贴。他坐在那些打吊瓶的病人中间，和他们说话。很多病人无人陪同，他们都只是输液。孟丙好奇的是，他们得的所有病都是感冒头痛或者拉肚子，男女老少，概莫能外。

连续几天，孟丙注意到越来越多的人到诊所蹭网，用手机看电影，买走一两片创可贴或者一袋板蓝根、头痛粉。就着从诊所净水器里倒出来的水，他们吃头痛粉就像城里人喝下午茶，在咖啡里加点儿糖，一气呵成。

　　一个拖着麻袋的老妇人每天都会来诊所，医生照例给她一杯热水和一包头痛粉。孟丙走出来，妇人跟着他出来。许久，他喝尽手中饮料，她从垃圾桶里捡走塑料瓶，才又折回诊所。

　　再见到拾垃圾的老人的时候天已经黑了，孟丙有些无措，他手里确实没有什么可丢弃的。他甚至开始巡视，周围是否有便利店能买一瓶水。他觉得要是不丢弃点儿什么，就特别对不起这个老人的跟随。他试图和她说话，但是后来放弃了。他不想让同情来得太明显，那样自己首先会不自在。

　　老人从他面前远去，孟丙猛然记起，他们好像在哪里见过。

　　是的，在左路的行车记录仪里，他看到过她的身影，她就是那个从左路的车前面远去的老人。

　　他好奇，这样一个拾荒老人，有理由收下左路给她的钱。于是他转入老人远去的街道，看到秦浩正拎着半瓶矿泉水靠在一棵悬铃木上抽烟。

　　秦浩调到糯溪派出所以后，孟丙常看到他，孟丙觉得秦浩并没有之前说的那么忙碌。

　　孟丙看到秦浩一口饮尽剩下的水，把瓶子递给走近的拾荒老妇人。大家都会不时地给拾荒老人递些食物和水，所有人都知道，她拒绝领取属于自己的养老金，说不给国家添负担，说捡垃圾有锻炼身体的乐趣。有的人越老越财迷，而她似乎只热衷于捡垃圾，和钱没有关系。

　　孟丙和秦浩同时注意到，一辆车停在垃圾桶旁边，一个年轻姑

春天幼儿园

娘从车上下来，往垃圾桶里扔了个大大的黑色垃圾袋，随即上车离开。垃圾袋里是一些血肉模糊的不明物，很快被野猫叼走。

秦浩没有跟上去，因为他看着这个年轻姑娘像小亚，那个一直陪在蓝妈身边打下手的切菜姑娘。他总是很本能地，想要减少和左家的关联，尽管他知道这不可能。

孟丙和秦浩短暂地打了个招呼，各自离开了，但是他们都把注意力放在了那辆车上，那是冯医生常年停在门口，病人可以随时借用的车。

15

时间一晃到了深秋，左路每天按时上下班，在春天幼儿园和家之间两点一线，孟丙则一边远程和一家生物医药公司对接合作项目，一边到铭铭诊所借故买创可贴停留一段时间。诊所有人谈论镇上来了一个姑娘，除了每天按时给铭铭诊所扔垃圾，没有人知道她是做什么的。

拾荒老太太在诊所吃了一包头痛粉之后，握着一次性塑料杯子在门口的长椅上坐了下来，看到人们口中的姑娘以后，她作势要把手中的一次性塑料杯扔到垃圾桶里。

"姑娘，你是冯医生新招的帮手吧?"拾荒老太太说，"没见过，不是当地人吧?"

"奶奶好，我叫齐翾。"齐翾接过拾荒老太太手中的一次性塑料杯。

"刚来吧，我告诉你啊，买菜可别赶早上九点之前，那时候新鲜

寂静荒野的柔软风暴

就贵。"拾荒老太太说，"知道吗？"

"嗯，谢谢奶奶，我一般都是十一点三十五左右去买菜。"齐翾把拾荒老太太手中的一次性杯子扔进黑色垃圾袋，拎着袋子就上了车，随即开着冯医生诊所门口的车离开了。

齐翾很快回来。孟丙还坐在诊所，他看见拾荒老太太和齐翾在简短的交谈后坐到了一起。老人一开始什么都不问，时间久了，她开始问齐翾一些个人问题。当说到家，齐翾用她特有的声调说话，简单而明确。

后来拾荒老太太问得多了，齐翾就回答，孟丙能够捕捉到的信息是：父母的怜惜疼爱，在大家庭里，根本抵挡不住任何一抹异样的眼光。

"年纪轻轻的姑娘，这收垃圾的杂活累活，就别干了。"拾荒老太太从她随身携带的那个破旧却干净的大布袋子里取出一张宣传册，"这个地方招人，你去试试。"

齐翾推了推护腕，展开宣传册。这是春天幼儿园的展示图与简介。齐翾笑着向拾荒老太太点头，她没有说出来：自己只是随便走走，那些她花不光的钱也没有捐给任何组织，看到适合的人，就会给予一些帮助。帮助别人不是她的愿望，她只是觉得他们需要，而她正好有的时候就可以施以援手。就像走进春天幼儿园那天，她看到了孩子们的脸。她想起，曾经她发出去的那些压岁钱，那些杳无音信的没有起一丝波澜的压岁钱。

齐翾像一个过客该有的样子，在糯溪的街巷里穿梭行走。

告别老人，齐翾走进一家名字叫超市，其实是个杂货铺的地方。这是齐翾第一次走进去并真正与糯溪产生关联的地方。

齐翾在超市多次见到小亚，她们差点儿成了朋友，每一次都有一些别的事情发生。这次是一辆救护车开过，齐翾侧目看的时候，小亚已经奔出去，转眼看不见了。

救护车倒回，秦瀚下车走进杂货铺。小镇对于陌生人的识别，准确到位。

秦瀚把齐翾手中的假冒饮料放了回去。

"你好。"秦瀚点头。

"你好。"齐翾回答。

"我觉得一定会有人把你写进某个故事，但不知道给它取个什么样的名字比较合适。"秦瀚擅长和女性打交道，陌生人也不例外，丝毫不像电视上那个商业精英和成功企业家。

齐翾向秦瀚笑了笑，也只是出于礼貌。

"然而，我想知道，在被写进故事前，你叫什么。"秦瀚喜欢害羞的女生，见得多了，尤其是见过无数声色犬马之后，他对那些简单朴素的甚至害羞的女孩有着不一样的感觉。就像他喜欢陈述，有一个原因，是她的那种从容里依然透露出一丝害羞。他觉得恰到好处的害羞应该成为女孩最可贵的品质。他见到的女人里，无论是谈判桌上、宴会场中，还是守在酒店房间门口的，在往常，他会将手落在女人的肩上，然后做出抚摸揉捏的动作，如果对方不反抗，他的手会游离到脖颈。但是，在齐翾面前，他将本能举起的手，放进了口袋——在陈述面前也是这样。

齐翾没有回答秦瀚，而是再次拿起被放下的冒牌饮料。

"你看，这个标识，假的。"秦瀚指着仿冒饮料瓶子，拿起另一瓶来在齐翾面前晃了又晃。

齐翾看见巡逻走过的秦浩，跑了出去，站在秦浩身边看秦瀚。

　　齐翾能感到秦瀚没有恶意和威胁，但她知道会是个麻烦。看到穿警服的秦浩，她由衷地感到安全，除了那身象征职业的警服，还有一种不可名状的安全感，她此前从未感受过。

　　秦浩看着秦瀚，什么也没有说，秦瀚自己走开了。这是他们兄弟之间长时间以来形成的默契，也是一种难以言状的气场。

　　二人并未约法三章，但是秦瀚知道不在秦浩的视线范围内找事。

　　秦浩送了齐翾回家。他注意过齐翾，甚至算得上暗中观察。有时候他又会产生一种错觉，齐翾是不是真的具备某种经过高度训练的反侦查能力，所以表现出来的无论如何都只像一个文艺小清新。

　　秦浩没把握，更没人会知道齐翾的来历。

　　齐翾在秦浩送她回家的路上问镇上有什么工作可以推荐，秦浩先问了她的学历，然后从图书管理员到超市收银员说了一圈。最后，齐翾对应聘去春天幼儿园稍微感兴趣，她说想和小朋友接触远超过大人。

　　左路亲自面试，齐翾顺利入职春天幼儿园，担任教师。

　　没人知道，来到糯溪之前，齐翾只是在固定的时间去米兰。她从来不出酒店，也不见任何人，这是她度假惯常的方式。刚出国时，齐翾用蹩脚的意大利语和服务员说话，一个男子走过来，会流利的英文，帮她解决了问题。后来她的意大利语就像那个帮助过她的外国人的英文一样流利。

　　起初，齐翾不会用复印机，将身份证正反面复印在同一张纸上，她确实没有做过，这些事情从来都不是她做的，所有人都会出来帮她，在她需要的时候。现在只要她肯打个电话，还是一样。秦浩、小亚或者冯医生，甚至包括秦瀚和拾荒老太太，但她放弃了。她有时间，她总是能搞明白的。

左路还没有见过不会使用复印机的成年人。

周末，齐翾在房间里做实验。她能听到，秦瀚他们用垃圾车音乐做信号，有时候则是用幼儿园广播操音乐做信号。

16

孟丙妈妈在糯溪一直住到看到这里的树由绿变黄，由黄变秃。除了有点想家，其余的大部分工作几乎是可以通过网络完成的。

虽然网络能让远在天涯海角的家人立刻出现在眼前的手机里，可是，毕竟有别于真实的陪伴。孟丙有一个真切的感受：从小在母亲身边长大的人和离开母亲生活的人，对待事物的态度截然不同；需要承担家庭责任的人和在呵护中成长的人对待人事也不一样。

孟丙妈妈最遗憾的事是没有哥哥。小时候她就希望有人能送个哥哥给她做生日礼物。即便女儿是从别处得来的，为了能让她有个哥哥，孟丙妈妈还是毅然决定去福利院收养一个男孩。所以孟丙是妈妈送给妹妹的周岁生日礼物，他已经忘记了。因为小妹妹只在这个家里生活了不到一年，就被其他人带走了，再也没有回来过，好像是去了很远的地方。关于小妹妹，他只能依稀地记得不知是真实发生的还是做过的梦，小时候他倒开水烫到过她，在她左手腕留下一大片伤疤。孟丙在想是不是因为这件事情，小妹妹才最终离开家的。

孟丙始终不了解母亲，他甚至不知道自己是从孤儿院作为一个礼物领回来的。他只是清楚地记得，妈妈到福利院那天，他很开心。他很难相信，一个年纪那么小的孩子，会记住那些难忘的事。

不在母亲身边的日子，孟丙常常想起那时母亲总在饭前走进房间，边看邮件边吃水果沙拉——收邮件是令她高兴的事情。在没有邮件的时候，她日复一日地吃却不胖，她把大部分情绪转化到吃里，好像吃能解决她所有的问题。

开饭的时候，母亲会和他一起去餐厅。菜端上桌的时候她会念叨："一定要记下这道菜。"

"那我们做一个菜谱吧，妈妈。"孟丙说。

很多年过去了，她还没有一本自己的菜谱，已经忘记了说要记下的那些菜，像忘记曾经说好回头一起吃饭，而后杳无音信的人一样。这些年她都做了些什么菜，没人知道。年轻的时候，来找她办事的人拉来几马车土豆和柑橘，她笑着收下并说谢谢，告别时给了人家差不多等价的钱。她怕欠人情，但她教孟丙，人与人的相处，要学会相互亏欠，才能长远。她还有一些很不符合常理的逻辑，比如，她很强势，但是她教育孟丙，弱有时候才是最好的盔甲。

蒜蓉圆白菜加虾米，做菜时她并未想到，这不是计划内的事情，只是突然想起来就随手做了，像以往任何一次一样成功。在做菜上，就没有不成功过——在外人看来。但是她知道成不成功的区别在哪里，绝不是味道的好坏，她有自己的衡量标准，而那标准来自无数年前记忆中已经模糊的什么人。

或许是因为见到了，或许是在一个陌生的地方住得足够久了，在左天耀因为春天幼儿园开得好，打算周末在家设宴为左路和孟丙祝贺的时候，孟丙妈妈买了当天的机票，说已经决定离开。

　　孟丙和左路送她去了机场，她总是搭乘夜里九点左右的航班。

　　一觉醒来，机翼上的水珠像珍珠泛着光，风一丝丝地从窗户里透出来，地上湿漉漉的，摆渡车的灯忽明忽暗地移动，闪着黄光。刚下过一些小雨，这是她熟悉的空气，她回到了有自己家的城市。

　　孟丙妈妈走后的第三天，齐翾请了假。齐翾离开的两周，有人猜测她是因失恋离开原来的城市，现在又回去了。

　　齐翾回来那天，左路、孟丙、秦浩、秦瀚、陈述各自开了车候在机场停车场，谁也不知道其他人的存在。

　　孟丙早早地等在出站口。

　　"嗨，齐翾。"孟丙看到齐翾的时候，她已经走向出租车通道。

　　"嗨。"齐翾回头。

　　这个回头，她似曾相识，像第一次见到什么人，太久远，她已经不能完全记忆，但是这个场景，这样看她，这样的微笑，这样的亲近，是她一定有过的。

　　"你让我想起一个人，他太有趣了，但是我后来就没有见过他。"齐翾仔细地看着孟丙。

　　左路也远远地赶来，他第一眼就看到了齐翾。面试的时候，他就觉得她是刚刚从英国文字里走出来的。穿着黑色礼帽下酒红色的风衣走在满街闲散的人群中，她低头过马路，踩过斑马线。他突然想去看看，她生活在什么地方，是从什么样的地方成长起来的，有着怎样的家人。

　　临时接受了邀请，齐翾答应去左路家吃饭，最后，齐翾在大家的僵持下上了秦浩的车。见齐翾上了秦浩的车，秦瀚最先开走。

　　左路和孟丙看着两辆车离开，他们站在机场地下停车场的一个通道上，相视微笑并耸肩。这也是他们第一次聊起齐翾，说她看上去那么绝望，觉得什么都可能很重要，但其实什么都没有。

然后他们聊到镇上拾荒老人带着两个孩子，累也是自找的。可是人就是这样心甘情愿，她愿意带着一个大的，背着一个小的，儿子和媳妇都在玩，对一哭二闹视而不见。拾荒老太太为了孙子，把一切都藏起来。

左路和孟丙同时注意到了，拾荒老太太定期去诊所拿头痛粉，而且知道她在诊所里宣扬女孩子长大以后，家就不是自己的了。人的命运上辈子就已经决定了，孩子有孩子的，父母有父母的，每个人都有每个人的。

从机场离开后，所有人的车都陆续开进了左家的院子。

饭桌上，孟丙左边是左路，右边是齐翾，他感到亲切而安全。他想，要是母亲也留下来参加这次聚会的话，应该也会坐在身边，但是见到对面的陈述，又好像妈妈并没有走远。

齐翾留意到，左天耀给两个人夹菜，一个是秦芳，另一个是陈述。

上点心的时候，却是先给的齐翾，意味着所有人中她才是客人。齐翾不太懂蓝妈和小亚的行为，她对她们笑，小心翼翼地对待。她想，可能蓝妈和小亚是见过世面的，也因此才对她加倍好，好不是因为身份，是分不清形势。

左路和孟丙一起送齐翾上秦浩的车，她脱口喊了两声哥哥，像是一种正式的告别。孟丙不由自主地靠近车门，他快速地握住齐翾戴的护腕，齐翾很本能地挣脱了孟丙并关上车门。她有些尴尬，眼里泛起光，让秦浩开车。

告别秦浩，齐翾换了一身黑色运动服，走进一家还亮着灯的理发店。

一个染着杂色头发的男店员恰到好处地冷漠，却也不失周到，他看她进来，礼貌性地站起来："我们不为女士服务，谢谢。"

"能借下工具吗？"齐翾指了指自己的头，"我就修一下刘海。"

店员指了指镜子前面的台子，齐翾笑着说："谢谢，你们店长在吗？"

店员没有直接和齐翾对话，他将右手食指弯曲放入嘴里，打了一个很响的哨子。一个年轻姑娘从门帘里走出来，镜子中，齐翾看到那人是小亚。

店员退出门去，关了门口闪烁的灯箱，齐翾的眼睛一直盯着镜子中的小亚，她的震惊是因为她和秦浩出门的时候，小亚和蓝妈还在厨房里整理清洗餐具。

齐翾把头发缩起来，挑选了一把带缺口的剪刀，几下之后，披肩长发变成了齐脖短发。不为异性服务，这是秦瀚给镇上理发店定下的规则，没人不执行。从理发店出来，齐翾抱着牛皮纸袋穿过斑马线。

没有人像她这样过马路，人们和车辆并行在车道上，盲道停放着自行车和别的杂物，好像没有人被告知这凹凸不平的地砖是用来给盲人走的。

齐翾在算命摊前被叫住，算命的人也许是从听觉，或是嗅觉感知到她，总之，她被算命先生叫住。他是这片唯一的盲人，终年逢三号和八号在糯溪的街角算命。一个从未见过世面的算命先生，怎么能准确地说出齐翾来的方向和要去的地方？齐翾谢绝了算命先生的天机泄露。

齐翾把牛皮纸袋放在算命先生脚边。很多人在走向自己的时候崩溃，是因为他们隐约猜想到了一个糟糕的结局，没有人会对美好崩溃。齐翾不想知道关于自己的终点，该是什么样子就是什么样子。

离开算命摊，齐翾穿过脏乱差的活禽集市，白天这里充满烟火气，现在却是黑暗沉寂的。她在一个摊位上取了一条死鱼，最后来到夜市街，在一家毫不起眼的自酿酒摊位坐下，要了一斤白酒，装进她刚刚喝完的矿泉水瓶。然后起身，在手工弹棉被那家摊位，买了一床顶级棉花的八斤棉被。绕过集市，她扯了七尺松紧带。

齐翾感到与别的地方不同，糯溪的夜市热闹，乱中有序，路边小喇叭传来狗皮膏药医生吆喝，她在这里买了一些看起来好看，像景观一样的植物。看似漫不经心的举动，却在日后那场爆炸中起着至关重要的作用。

秦瀚在齐翾买一袋面粉付款时突然出现，帮她托住了扛在肩上的棉被。齐翾知道秦瀚是和他们一起离开左家的，她还换衣服再出来，这一路都是为了让秦瀚能跟上她。

秦瀚问齐翾："人生地不熟，来糯溪做什么？"

齐翾答："如果说求生，你还会问下去吗？"

"不会了，求生已经是终极回答。"秦瀚回答。

"谢谢。"齐翾说。

"表示谢意，请我吃饭吧。"秦瀚抓住每一次机会。

"刚吃过不是吗？不过如果有什么好吃的，可以推荐一下。"齐翾边走边四处张望。

秦瀚一手扛着那白色棉被，一手拎着从齐翾手中接过的死鱼，带着她穿过人群与闹市，在一处烟雾缭绕的烧烤摊前停下来。

"就请我吃一串烤土豆片吧，如果你不介意，加上这条肥美的鱼。"秦瀚说。请吃一串土豆片，这是上周孟丙刚刚对她说过的话，她为幼儿园清理了周边的垃圾和杂物。

"好啊。"齐翾说，因为土豆的些许微妙记忆，她确信孟丙是她见过的人，但是在哪里见过，有什么关联，她的脑子里找不到任何有迹可寻的线索。

有人打电话，秦瀚不得不走，是安检那边传来的消息，说秦浩也在。

秦瀚缓慢地付了账，话别齐翾。看着他远去的背影，齐翾心里泛起一丝复杂的情愫。

没有一个地方的安检像糯溪这样复杂，几乎每件物品都要经过细致检查，正是这些安检通过更为隐蔽的方式，使得无论是外出者还是进入者都毫无察觉地正在被严格按照高规格的安检标准监视。

安检出问题的是齐翾往外邮寄的一幅刺绣，被扣留已经好几天了，理由是它是糯溪有争议的手工非遗，需要进一步鉴定。

齐翾居住的附近，收市后的街上烟雾缭绕，这些烟雾几乎全部来自垃圾焚烧。齐翾扛着大麻袋过马路，进了理发店旁边的缝纫店，从缝纫店出来，她进了花市。

秦瀚从楼内出来，无证售卖烟花爆竹的摊位正在被清理，他的车被混乱的人潮裹住不能前进。于是他把车停在路边，挤过人群，在人少的地方奔跑，第一次听到自己的皮鞋与路面摩擦的声音。他转头，看到齐翾在悠然地选择花草，顶层的一盆花从花架上掉下，他接住，肩部和左脚趾受伤。

秦瀚和齐翾一前一后进了诊所。冯医生亲自为秦瀚包扎，齐翾站在旁边，听没有床位的病人抱怨各种政策。

秦瀚转头看齐翾的时候，秦浩正好赶来，秦浩的目光落在已经包扎好的伤口上。

"你怎么来了?"秦瀚说。

"过来看看。"秦浩说，"没事就好。"

"秦警官。"齐翾打招呼。

"您好，齐老师。"秦浩说。齐翾离他那么近，可是他只看到了秦瀚，或者说只看到秦瀚伤口上已经包扎完的纱布。他有些为没有注意到齐翾而感到震惊，这种来自自己的震惊是他从未有过的。又看了看秦瀚的脸色，秦浩的目光回到那伤口上端详，他的手轻轻地落在纱布边缘。

"出血了吗?"秦浩问。

"没事，我其实是为了再回去吃烧烤。"秦瀚说着就要起身，"走吧。"

秦浩在秦瀚站起来的一瞬间，架住了他整个身体。秦瀚轻而易举地避开了秦浩，站起来像没有受伤一样走动。秦浩紧张是因为他还没有见到过秦瀚受伤，所有人只知道他如何光鲜，秦瀚的所有九死一生都藏在他作为哥哥的这个角色里。

三人从诊所出来，秦瀚执意要步行去烧烤店，齐翾不得不跟在身后，秦浩上车走了。

"有什么问题困扰过你吗?"等待烧烤的时候秦瀚问齐翾。

"太多了，火车都拉不完。"齐翾答。

"我以前没有，现在有一个，也不确定算不算。"

"那你比我幸运多了。"她说。

"也许并不是。"他答，"不全是。"

……

"很抱歉，见到你总是说不流利话。"

"我已经感觉到了。"

"推荐一本你喜欢的书吧。"

齐翾像从未读过任何书，别说喜欢的，这个时候，连不喜欢的都说不上来。

秦瀚强调："随便说一本也行，你读过的。"

齐翾说："《物种起源》，算吗?"

"算，当然算。"秦瀚说，不知道什么时候偷偷叫了酒，他并没有让齐翾一起喝。

他们对同一个事物产生同样的感觉。

秦瀚说："我把十岁时的想法都当真了，所以才无限努力靠近，直到遇到每一件期待的事。"齐翾不说话，只是看着他。他后悔没有问是不是有一瞬间，他们对彼此心动过。

离开烧烤店已经是深夜，秦瀚带齐翾翻墙进了墓园，告诉她关于他父亲的一些事。父亲是警察，在一次缉毒中牺牲，弟弟也做了警察。齐翾在墓园发现一个关于她自己的秘密。

秦瀚没有对齐翾说起母亲被杀害和妹妹被偷走背后的事，并不是因为他不想说，而是他不想让齐翾感觉到这个世界有多糟。如果当初不是姑父带人赶到，他们一家早就被斩草除根了。所以现在，秦瀚做的所有事情，只有一个原则，那就是确保姑父可以长长久久、平平安安地做一市之长。

为此，他不惜一切代价，成为一个连他自己都能感觉到的充满矛盾的人。所以，左路的所有要求他都会答应，因为他是姑父、姑妈唯一的儿子。别说是帮忙修建一个幼儿园，就算是十个、二十个，别说还有工程费，就算是让他自己出，或者去筹去借，他都会奋不顾身。

因为没有左天耀，就没有现在的秦浩、秦瀚，也不会有下落不明的秦星河。

想起这些，秦瀚心中五味杂陈。或者稍微值得欣慰的是，妹妹之所以能活下来，是因为那个处理小女孩的妇人动了恻隐之心——本来已经将她扔进河里，又捡了回来。

秦瀚说："你独自过马路的样子真好看。"

"这里的食物不错。"齐翾说，其实她想说"可能是因为习惯了"，但是她没有，到糯溪后，她常常恍惚中有一种踏实安稳的错觉。但是这些感受，只能自己感知，不能与外人道。所以它是短暂的，稍纵即逝。

"知道古代女子怎么表达谢意吗？"秦瀚等齐翾回答，不知道为什么，他把已经在嘴边的"以身相许"咽了回去。

齐翾忽然想起孟丙，孟丙让她感到安全。上车的时候，孟丙握住了她的护腕，那一刻齐翾强忍住眼眶的湿润，甩掉孟丙的手上了秦浩的车，一路上，沿着那些稀薄记忆的蛛丝马迹，她想起了过往那些怪异的梦境。她总是在梦里溺水，总有人在岸上一直喊："星河，星河，你要坚持住啊，我们来救你！"

难怪她一直觉得拾荒老太太亲切，原来她就是当初那个偷走又卖走自己的人。

春天幼儿园

长大后的她，一次偶然机会参与了一个"救猫咪"组织，这个组织并不是动物协会，猫咪是一个代号。他们从事的是摧毁现有邪恶势力，保护核心力量，让人民过上更平安的生活的工作。

左路是在米兰考察项目期间面试的她，选择她不是因为能力，而是因为被推荐，推荐她的人是蓝妈和毛秘书。他们和她的家庭有很深的渊源，他们为了找到她花费了大量的人力物力，却不敢与她相认。

17

左天耀从沙发上站起来，电视里是春天幼儿园爆炸后的废墟，吵吵嚷嚷的画面。秦浩执勤的场景在画面左上角若隐若现，秦瀚闯入警戒线，左路和孟丙被拦在外围，毛秘书正在接受记者采访，于峰在人群中一个不显眼的位置，青筋暴起。

左天耀关了电视，秦芳走进来，他们相互搀扶着坐下。

春天幼儿园被毁之殆尽，所有的辛苦耕耘都被付诸一炬，而这一切左路将无法交代，不是和父母，也不是和合伙人孟丙，而是和自己讲不清楚。

秦瀚拿着一张照片和一份 DNA 鉴定报告问秦浩："能找到她吗？"

照片上齐翾走在斑马线上，抱着一盆文竹。

"找过了。"秦浩说。

"能查到名字吗？"秦瀚问。

"查过，齐翾并非她的真名，她曾经还用过一个名字——孟孟。"

秦浩答，"在此之前，叫秦星河。"

秦瀚不再说话，把手中的照片和报告递到秦浩手中："你是什么时候知道的?"

"见到她的时候。"秦浩对着照片笑了笑，两个人沉默地坐在拦有警戒线的废墟边上。

春天幼儿园发生爆炸事故后没有人见过齐翾。有人说她是连夜逃离了糯溪，离开前她做好了准备，衬衣领口里放进了一圈线，熨得平整光洁，如果被抓到就立刻自尽。有人说她被抓了，但是没来得及死。有人说她并没有从废墟里出来……

几个月后，法庭上站着一个佝偻的妇人，她的罪名足以让她死上千百万次，如果说她做过什么好事，那就是当初她把那个丢到河里的女婴捡了回来。她把孩子卖得远远的，她以为这一生都永不再见了。

她还在离开时偷了孟家小姐的私生女，放在福利院，特意引来了无儿无女的富商陈家夫妇。

她掌控着除左天耀以外的几乎所有官员，还有那些有钱有势的人，他们对她言听计从。她经常会想起自己年轻时在孟家做保姆时的情景，她并不知道此刻的她会和那时有什么关系。她一生都希望孟家的人好，只是简单地出于孟家在那个极其艰难的岁月不仅给了她饭吃，还收留了她。

只有左天耀，无把柄，简单得神秘。当她以为左路将成为她把柄的时候，这一切发生了翻天覆地的变化。尽管对糯溪人来说，一切都没有发生改变，但暗地里，日月已经发生了更替。

对于受到的指控，冯医生和蓝妈等人出庭做证，这个佝偻妇人一个字也没有否认。她甚至亲口承认了设法将受过训练的小亚安排进了"市长府",也亲口承认了与人合谋误杀左家司机的事。

顺着拾荒老太太这根藤,无数瓜密密掉落。

大雪纷飞,洁白覆盖了整个糯溪,人们行走在路上,迎着寒冷与潮湿。

关于齐翾,再无人提起。可能除了秦浩、秦瀚和孟丙,并没有人真正在意,米兰街头广场是不是多了个有故事的流浪女画家。

只有左路,还在着手重建一个春天幼儿园,可能和孟丙,可能和其他人。

若梦浮生

1

穿过积雪覆盖的丛林，之林去为木屋里的老人送野味——这是他这个冬天里最得意的作品。撒一勺盐巴，泡了两夜的十五只夏天采的蘑菇，热气从盖子里冒了出来。之林比往常多用了四截柴，慢慢炖熟了野味。

木屋的门虚掩着，屋里空而有序。

"有人吗?"之林连续喊了三声无人回应，他注意到除了自己的脚印，雪完完整整，没有被踩过的痕迹。放下沙罐，他走到木屋前被雪覆盖的河岸。

"老人家，您在吗，老人家?"之林能确定，木屋里住的是个老人，且年迈，背微微驼。屋里依然没有回应。

他们见过面。

初秋的时候，之林来采过野果，那是他第一次见到鹿。

之林怕惊吓到鹿，站在原地一动也不敢动，鹿走了几步却转过头来看着他。从短暂的对视里，鹿消除了敌意，它轻盈地朝之林走过来。迷迷蒙蒙的雾气里，之林明明看到鹿是朝自己走来，走到近处却不见了。他四处寻找，那种莫名的深林见鹿的心情，难以言表，

若梦浮生

就那么一眼，他突然觉得自己有了朋友。

之林后来也见过几次鹿，但都短暂，除了简单的对视，没有更多的交流。

有一次他喘着粗气寻找鹿的踪影，一个老人远远地看着他，好像在说："别找了，该出现时自然会出现。"那天，之林骑在马上，并未过多注意老人的神情。之林上前和老人打招呼，老人视而不见，专注于捆绑面前的枯枝。

"老人家，您好!"之林第二次招呼老人，老人抬头看了一眼之林，并未答话，弯腰进了木屋。之林只好调转马头，随后赶路。

对一个南方人来说，之林还不太习惯藏在这林子里过日子，更何况是祖国最北端的森林。

是的，的确是藏起来，而且是独自，这是他从未经历过的生活。

要不是那只鹿的出现，之林自己恐怕也不相信，能在林子里安然无恙地度过危险。那天他正在采摘一只野蘑菇，一个猎人模样的人从林子里蹿出来，身后背着一挺猎枪，手中提着一根一米来长的棍子。之林听到动静，还没来得及抬眼，那人劈头朝他就是一棍，尽管他迅速躲闪，这重重的一棍还是擦着他左边头皮，落在了他左肩上。

"我是——人!"之林脱口而出，以为那人把自己当成了猎物。

"项之林。"对方定睛看着他，"没错吧?"

之林反应过来，丢弃采来的蘑菇，拔腿就跑。那人追上来，好几个瞬间，那朝他打过来的棍子，险些落在他的头上、身上。

在这个漫漫四顾无他的森林中，之林并没有学会区分东南西北，他完全是凭着一种本能、一种求生的欲望逃跑。虽然他不知道来的人是谁，但是他由隐约的感觉，变为一种强烈的意识，无论这个人是谁，替谁而来，目前都只有一个目的——置他于死地。

就在之林上气不接下气将被追赶上时，他隐隐约约地有一种熟悉的安全感——是那只鹿，它不知从什么地方缓缓走来！之林屏住呼吸，他看着眼前的景象，突然不再挣扎了，像迎接一场本就安排好的命运。他想，难怪最近总是见到这只鹿，也许这就是生命的暗示。

他露出一丝离开家以后不再拥有的神情，尽管眼中难掩惊恐，脸上却带着笑意。那人稳稳地朝他走来，头顶的棍子将要砸下来，之林好像恍然大悟了，离开家也许就是一个骗局，只是他还不清楚，这个局背后的阴谋。但是此刻，他面前的这个人的确是个真正的杀手。

之林就要死于眼前的杀手之手，他已无处可逃。棍子将要接近之林头皮的一刹那，之林看到鹿好像是飞身而起，扑向了杀手！

然后是一声枪响。

之林醒来的时候，自己正躺在老人木屋的床上。

那个杀手、那声枪响和那只鹿，像从来没有存在过。离开老人的木屋，之林又恢复到之前的生活。他不能区分那梦境一般的情景，是真实的危险，还是林中其他居民和自己开的玩笑。但他能确定的是那只鹿的眼睛，那是一只真实的动物的眼睛。

立秋刚过，就迎来了一场又一场的雪，气温骤降。对天气，之林甚至有过抱怨，但他希望母亲能健康。若是过去，他不会相信那些鬼话，而现在，他欣然接受。庆幸有的事情，他还来得及。他太有感触，见证过太多来不及，那是使出浑身解数也没有办法的。而

若梦浮生

这一件，是他同样视之若命的，或者，视之胜命。

法师告诉项家母亲，儿子必须离开家，到北方的森林里去住四百九十天，不许和外界有丝毫联系，过森林里的人过的生活。之林的父亲是反对的，兄弟姐妹们也都觉得这是胡扯。母亲和大嫂在开口之前，最担心的就是之林。在她们眼里，之林太唯物，太商业，太理智，太科学，以为他才是最大的难题，偏偏他毫不犹豫，一口就应了下来。

之林是工科生，向来简单理智，不信那些虚无的神神鬼鬼。所以公司里的大小事情，他从来不参与，也不过问。准确地说，他甚至排斥图耀。母亲病了差不多已有三年，自父亲带她从纳斯达克敲钟回来，就一病不起。去了北京、上海、深圳的医院检查都没有明确结果，香港的医院也看了，都没有查出个所以然来。

两年前去美国，医院说母亲身体上没什么事。

医生说得婉转，大家也听得明白，既然身体上没有问题，那必然和心理或精神有关。父亲减少了外出，除了重大事项非出面不可的，就在家里陪母亲。这两年时间，几乎是他这一生中待在家里时间的总和。

之林知道，姐姐姐夫们也常年陪在母亲身边，大嫂二嫂也四处求医问药。最后的结果，却是要他离开家，去北方森林住上一段时间。

事情怪在，从之林答应去北方森林那天起，母亲的病情就开始好转起来，饭量也比往日多了，精神看上去也好了不少。之林看到母亲一天天好起来，心想，别说是去四百九十天，就算是去四千九百天，如果可以，纵然去四万九千天，只要是母亲能安康，那都没什么。

为人子，这是之林能做到的最大限度的好。

离开那天，法师再三交代，不让人送，之林一个人背了包就出门了。他头也不回地穿过花园，迈出大门，听到门关闭的声音，这是他期待已久的时刻。母亲和嫂嫂姐姐们在窗户后面抹眼泪，之林不知道这些，就算知道了，他也不会回头。

小玉追出去的时候，整个项家的院子里空无一人。但之林是听见了的，他真真切切地听到小玉喊："少爷，之林少爷！"这一天是2014年11月5日。但是这天对项家来说，是农历闰九月十三，甲午年甲戌月庚辰日。对项家来说，这一天仅仅是一个宜祭祀、沐浴、解除、破屋、坏垣的日子。

之林跟小玉说过无数次，不要称呼他少爷，但是小玉的回答令他啼笑皆非。

"之林少爷，您知道我是怎么被大少奶奶从人才市场带回来的吗？当时所有人，就我答应了这个条件，才被带来的。"小玉一脸认真。

之林说："那也不行，你就叫我之林，再不行，你还可以叫项先生。"

"那我告诉您个秘密吧，其实我不叫小玉的。"小玉掏出随身携带的身份证，说了声，"呶！"她齐耳短发，精神十足。"严文迪"这名字让之林笑得合不拢嘴。之林，是小玉在这个大院子里见到，并唯一告诉了真实名字的人。

这几年，之林越来越看不懂项家大院里所发生的事情，因为这一切和他所接受的教育格格不入。父亲允许他不去图耀工作的理由，

若梦浮生

就是学业未成。这个理由使他安然地躲过了很多关于集团的事情。所以，他本科毕业考了硕士研究生，继而读了博士。

亲事一桩桩被推上来，只有之林少爷和远在美国求学的之溪小姐还未成家。小玉知道的也就这么多，她甚至连之溪小姐都没有见过。只是厅堂里有张大照片，那是一张项家的全家福——爷爷奶奶，也就是项家的老太爷老太太；然后是爸爸妈妈，也就是图耀集团的董事局主席和夫人；接下来是大少爷之栋一家，二少爷之杨，大小姐之滨一家，二小姐之湘一家；之林和之溪在爷爷奶奶前面，盘腿而坐。

小玉就是从这张照片上认识项家人的。眼前的一切，都像从自家那台最早的黑白电视里穿越过来见到的一切。照片是之林离开时唯一从家带走的物件，而他背上的包，除了泡沫，空无一物。之林假装自己从家里带走满满当当一大背包东西。那泡沫和这森林里的雪很像，都轻柔洁白。

之林看到溪边一层凹凸的脚印，要不是多次从这里经过，被雪覆盖以后，根本看不出来是一条溪。就这样，他开始慢慢懂得这林子里的很多自然语言。

沿着脚印，之林一路追赶。

一个雪人一样的静物回过头来，眼睛死死地紧盯着之林。他看出来这是垂钓者，而且眼神里满是责备。他没再上前，也没问这里怎么会钓得到鱼，转身就往回走。

"咳咳……"老人一阵咳嗽。

之林转过头来问："您有事？"

老人只是看他，一言不发。

"给您送的汤，放屋里了。"之林向老人解释。

老人低下头继续钓鱼，蓑衣上的雪厚厚一层，窸窸窣窣往下掉。

"您得趁热喝。"之林交代，老人眼也不抬。

"或者，喝之前您再热一下。"之林补充。

已经超过两千小时，之林没有和人说过一句话，他希望老先生邀请他坐下来，聊一聊，随便说些什么。他闪过一个念头，如果当时为了做伴要带走小玉，会不会被法师拒绝？

之林想念母亲，她的病情不知是否继续好转。从母亲开始，他又想念起那些远别的人，掏出心口温热的照片，他大步地走回自己亲手搭建的木房子。

起初，之林是抗拒这种冷的，但他没有什么可以与之抵抗。

2

午后的院子宁静祥和，趁大家都午休的空当，小玉又站在全家福前观望，这一次她看的是照片里最年长的男人。

小玉将棉纱布蘸湿，站到圆凳上，小心翼翼地擦拭玻璃相框。最顶端正中的字她也不落下，她想起在人才市场时的情景，在"项"字上久久地擦拭。小玉并不知道项家其实不姓项，这连之林都不甚了解的事情，她当然也不清楚。那时候项图辉还没有想好什么时候告诉儿孙们三代还宗这种习俗，只有先和夫人美珍说。

美珍不是大户人家的小姐，没多少文化知识，只是懂得夫荣妻贵，夫唱妇随，勤俭持家。这也是项图辉最后选定她的原因。

当然，之林恐怕这一辈子也没有机会知道，他为了母亲才离开

若梦浮生

的家，家是家，母亲却不是真正有血缘关系的母亲。美珍不是项家孩子们的母亲，但她确实待他们视如己出，以至于之林对此浑然不觉。这是她能陪着丈夫去纳斯达克敲钟的原因，也是他们夫妻间的秘密。

当时之所以仓促送之溪留学，是因为之溪和母亲远足时车祸失血过多，需要血浆，使得医生知道这对母女的血液不吻合。当时只说母亲有病不能用她的血，需要等待血库调配。

之溪恢复后，还没来得及问母亲病情，就被安排出国留学。留学是之溪最大的愿望，在家庭调查表里，每个人的愿望及喜恶都被母亲一一铭记。愿望是愿望，只是来得快了些，之溪想先在国内上大学，再出去读研究生，她甚至还没有把这个想法透露给同桌宝骏，那曾是她知无不言的伙伴。

送别之溪的场面，温馨美好，值得她终生铭记。全家老老少少聚集在机场，欢笑，拥抱，挥别。就连没来得及通知的同学们都来了，而宝骏也是说走就走。就这样，之溪莫名其妙地看着宝骏和她办理一样的手续，搭乘同一趟航班，一起去了向往的地方。

也是这天，她的命运将和项家明明紧紧相连，却从此远隔万里。

3

"九叔，九叔。"一个脆甜的声音。

之林抬头，一张红扑扑的脸从白色毛绒头巾里露出来。

"你是……九叔呢?"脆甜的声音问。

"我也没见到。"之林答。

"你是谁?"姑娘问。

"我……打猎的。"之林答。

姑娘稍稍打量了下之林,努着嘴自言自语:"被猎的还差不多。"之林装作没有听到她的话。

"这个给九叔,趁鲜要早吃。"姑娘说完放下手中的食物。

"天这么晚,你……"之林诧异。

"走啦,你也可以和九叔一块儿吃,但是就带够他自己的,下次啊!"姑娘解释。

之林低头出矮门,跟了出来。林子远处火光熊熊,有一队人马正在并排行进。

"你叫什么?"姑娘轻盈一跃,上马。

"之林。"之林回答,"项之林。"

"再见,之林!"

"再见!"

姑娘回头向他笑,之林嘴角起了弧度,他想起母亲和姐姐们。但是姑娘的这种笑,在她们脸上很少看到,她们的笑是项家大院特有的。

队伍排成一队,姑娘上马走到最前面,火光消失在茫茫雪野。

老人还没有回来,就算回来了老人也不说话,但之林也觉得有希望了。哪怕是这消失了的火光,也给他带来了新的慰藉,那是他与这个世界刚刚交流过的证据,他的生活还有温度和色彩,还有那声"再见"。之林想,可能是在这里待得太久,老人正丧失语言能力。

但是之林想不明白,那天正要走出林子的时候,他被从天而降的一个网牢笼般禁锢，直到老人出现。这一次，他没有像上次被鹿保护，从昏迷中醒来，而是清晰地看到老人像是手提一只小鸡那样，轻飘飘地将他从扑面而来的网下救了出来。无论之林问什么话，老人都当作没听见，只是无声地擦拭着从床底下拖出来的一个大提琴盒子。

之林想，这里面一定装着一挺陪伴老人很久的枪。

4

小玉从圆凳上下来，仰头看擦得干干净净的相框，心生欢喜。她希望能长长久久地看到这张照片。她转身，立于镜前，上下打量自己。又转身看了看全家福，她想象着自己如果在相片里，会在什么位置比较合适。她从衣袖处抽出一根线头，这是统一的新"丫鬟"服饰。几个实习生相继离开项家，只有她从"买菜丫鬟"变成"端菜丫鬟"得以留下来。她因此感到高兴，刚来到大院那天，她甚至以为自己穿越了。房间里的摆设和人们的说话方式，都和她的生活，以及刚刚离开的人声鼎沸的人才市场格格不入。

某一瞬间，小玉误以为，自己是被招到了剧组，这简直是个拍年代大戏的院子，就连电话都像电视里一样要拨几圈才能打出去的那种。

权叔见小玉呆呆地站立在镜子前面，让她到他的办公室来一趟。小玉忐忑地跟着权叔，那几个被辞退的实习生，也是在权叔的办公室被辞退的。小玉低着头，紧紧地跟着权叔的步子，进了门。权叔给了小玉一个信封。

小玉心一凉，大概也就这样了。

"权叔，谢谢您这段时间的照顾，我这就去收拾行李。"小玉心如死灰。

"先生太太很看重你，看看?"权叔知道她想什么，示意她打开信封。

小玉差点儿以为这是权叔提前支付了她一年的工资。毕业起，她从没有亲自有过这么多钱，之所以说亲自，是她确实拥有过很多不属于她的财富。

小玉掩饰不住兴奋："权叔，这么多!"

权叔双手交叉："以后会更多。"

小玉说："当初说的，没这么多。"

权叔说："都是你应得的。"

小玉不安："权叔，我拿着这么多钱心里不踏实。"

权叔教导："傻孩子，诚实劳动合法收入，踏实。"

"那就踏实。"小玉一脸腼腆，"那我先去做事了，权叔。"

"少爷留了个盒子，你知道在哪里吗?"权叔在小玉快走出门的时候问。

小玉站定，回头向权叔摇摇头。权叔向外一挥手，小玉开了门出去，她走在地上一点儿声音都听不见。

跟着出去买菜的时候，小玉顺便把钱存到银行。她把原计划给妈妈打的五千变成了三千。因为她拿着这些钱并不是真踏实，她之所以留更多钱在手里，是想着随时可能被收回，就算不收回，估计在日后的购物中一定还用得到。但这一点，她确实多虑了，因为她不仅有购物的钱，还时不时地有无名头的奖金。

若梦浮生

之林走的时候交代过的事情，小玉都办得井井有条，不能说的绝口不提，能做的尽善尽美。

小玉正寻思权叔问的盒子，不知什么时候来了一个人。

"之华少爷。"小玉先是迟疑，继而脱口而出。这是她第一次亲眼见之华，以前都是从之林少爷的交代里，得知关于眼前这个人的种种。

来人看也不看小玉，抬眼四处看，说："这是你们家规矩？什么年代了，这样叫可真受不起，我叔呢？"

"您先请坐，我这就去。"小玉说着，退步走开。

项之华一屁股坐在沙发上，他的二郎腿架了不到一分钟，就放了下来，向后斜靠着沙发扶手。

小玉穿过客厅，上了楼，又穿过走廊，来到书房，她轻轻地敲了三下门。

"董事长，之华少爷在客厅等您。"小玉轻言细语。

"告诉他今天没空。"房间里反馈回来一个低低的声音。

"好的，董事长。"小玉答应，转身走开。她轻轻地下楼，用了很长时间才把之华打发走，随即听到楼上有踱步声。

傍晚时分，项之华再次到来。与之前不同，这次他势必要见到人。小玉照常去汇报，得到的答复并无不同。

"董事长，之华少爷上午已来过一次。"小玉不确定这话该不该说，但是她说了出来。

"叫汉训上来！"还是那低低的声音。

"大姑爷陪大小姐一早去了表小姐家。"

"叫珉升来！"

"二姑爷和二小姐去乡下看姑奶奶了。"

"之栋呢?"

"大少爷还在香港。"

"叫之杨!"

"二少爷明天夜里才能回来。"

"之滨!"

"大小姐……大小姐……其实是陪夫人……去……庙里了。"

"……你,进来。"

"董事长。"

"去隔壁换身衣服。"

"董事长……"

"给权叔打电话,和他去庙里,不要让之滨和夫人在之杨回来前到家。"

"是,董事长。"

"出去吧,楼下的人,愿意等,随他便。"

小玉看着各式各样的衣服,她挑了一件淡蓝色旗袍换上,下了楼。

"之华少爷,董事长在处理一份非常重要的文件,或者您可以……"

"告诉他,见不到他我不会走。"之华没有睁开眼睛。

"这是刚煮的咖啡,对了,这个是之溪小姐寄回来的巧克力,您尝尝。"

"你,要出门?"之华几乎是弹跳起来,小玉不是刚才和他说话的样子,穿上这身衣服,她甚至有几分像年轻时候的婶子。

"是的,之华少爷,我要去庙里接夫人和大小姐。"

"婶子，去了庙里啊！"之华站了起来，端着咖啡也跟着小玉往门外走去。

车从车库出来。权叔下车为小玉开了车门。项之华看车开走了，喝了一口咖啡，环顾四周，静得能听到他吞咽的声音。回到沙发前坐下，之华在咖啡里加糖，糖离开勺子落入咖啡杯发出的沙沙声他都听得一清二楚，好像能听到自己的心跳。他靠在沙发上，不知是闭目养神还是睡着了。

良久，他被一个声音惊醒。

"有什么事吗?"是项图耀，声音并不大，之华从沙发上惊起来。

"有点儿事。"之华活动了一下脖子，顺便看了看周围。

项图耀不说话，扶着楼梯的手抬起，推了一下眼镜，眼神从项之华身上移到那半杯咖啡上。

"那笔钱……"之华站定。

"给之恒了，找他算去吧！"项图耀回答。

"还有一笔。"之华向前微微移动了半步。

"有什么说不清楚的，拟成文件，这个家里，给谁都可以。之勋和之秀如果也有什么事，告诉他们也都一并拟成文件。"项图耀说完，缓缓离开楼梯走回书房，似乎他的话并不需要获得回应。项之华上前几步，他眼看项图耀走过长廊，然后是一声门合上的声音，他触到第一级楼梯的脚始终没有迈上去。

项之华又恢复到他之前的默静中，他若有所思地走出院子，还没等司机阿强给他开车门，就一脚踢在左前轮上。但这一刻，他不算是愤怒，他不知道这个情绪应该归结为什么，可能当初婶子说的打断骨头连着筋是对的。

可是骨头都断了，这连着的筋算怎么回事。之华有之华的苦恼，当初说得清清楚楚，项家祖上留的树林田地都是分配好了的。项图耀当初为了维持工厂，把留给他的祖宅也卖给了项之华，说是卖，其实也不过是半卖半送。从此以后，项图耀在乡下老家就基本上是什么都没有了。祖宅、田地都按照他的方式处理了。

5

　　之林从老人的木屋里出来，森林中的雪落在他的头上、肩上、衣服上。老人继续擦拭他的大提琴盒，好像之林不存在一样，任由他走进雪中，走进一场自困、束缚与救赎。

　　眼前是无边无际的洁白，之林想，要是之溪在就好了。之溪在国外，那是公司最艰难的时候，可项图耀没说一句话，让之溪活得符合项家小姐的身份。图耀集团的家业，是项图耀凭一己之力白手起家打拼出来的，但之华始终认为应该有他们兄弟姐妹的一份。之恒则保持沉默，整个项氏家族，他话最少，不喝酒不抽烟不赌博，对妻子金兰也是众人口中的模范丈夫。之勋是之华的弟弟，天真单纯。

　　项家就像一张平衡的八卦图，项图辉三男一女，项图耀三女一男，兄弟二人好像始终是各自过着稳定的日子，直到项图辉离世。

　　众人皆知，之杨和之栋是项图耀收养的，而在他收养这两个孩子的时候，正是哥哥项图辉过世不久。之华和项图耀的过节，便是在那一时期形成的。别说之华和很多外面的人不能理解，就算是图耀的妻子，也对这件事情心存疑虑。她出面安抚过之华兄妹几人的情绪，说一些让他们兄妹体谅叔叔的话，说血浓于水，说亲情打断骨头连着筋，说不在一处生活但是会管他们长大成人。

孩子的世界简单至极，爱恨清晰明了。没能跟着叔叔一家长大，之华日渐浓烈的恨里，这无疑是其中之最。他往心里去，愿意养别人也不想要他们兄妹。他曾经在祖母面前，于祖宅中指着项图耀闹过，闹的当然不是收养这件事，但要不是这件事，很多事也都很难被触发。

项图耀从窗口看着项之华的车开走，无限感伤从他的心中泛起。刚刚开始料理父亲的丧事，父亲还未入土，一切和财产有关的事情就扑面而来，那些在人前无法启齿的事情，都来了。这些年，他几乎一言不发，他看得分明清楚，谁是谁非，只字不提。之华的诅咒也许不是他由衷的，但是那些话，确实从他口里而出。因为钱，这一切都和钱有关，过去是，现在也如此。

但是，最后，关于灵堂上是否出面一事，项图耀和自己斗了无数个回合，无论在梦里，还是在他清醒的时候都是。他不想向别人说，所有的安慰对他都毫无意义，他给远在美国的之溪打了越洋电话。

"爸爸。"之溪正要去参加一个很重要的会议，这个会议关系到她未来的职业生涯。

"之溪，爷爷走了。"

"爸爸……"

之溪太清楚爷爷对她来说意味着什么。爷爷就是她整个童年里最为骄傲自豪和快乐成长的根源——尽管，爷爷曾经因为她是女孩而放弃了给她取名字。

项图耀不和别人说，别人都在眼前，别人不会冷静地告诉他怎么做，他也用不着。他之所以给之溪打电话，不是因为之溪有主意，而是因为之溪远，仅此而已。

有些火，注定就得远水才能救。

项图耀挂了女儿的电话，悲从中来，但也安静了。从此以后，他就没有父母了。哥哥和大姐分别在五十岁之前就去世了。现在，他只有一个姐姐了。而姐姐远远地在子女们的照顾下生活，也不常往来。他好像突然理解了之华兄妹，好像能够体谅这些年的恨意，都是对爱的寄托，但有谁知道他身不由己。

项图耀依然会想起母亲的去世。他有说不出的痛苦，但这是个秘密。母亲应该是服毒自尽这件事情，他从来没有向任何人说起，包括妻子。这件事情和之华有关，但他绝口不提。他太清楚，事已至此，多说无益。要吞到肚里去，不准再出来，要活活消化吸收，长成身体的一部分，长成肉，融入血，从此只能自己知道，最好都不要想起。可偏偏事与愿违。

这些都是之华在楼下的时候，项图耀脑海里一幕一幕闪现的，他要克制住，他知道自己甚至都不能走下楼去，如果去了，他难免会把这一切都讲出来，他要忍住。他想质问，但这一切都只会平添混乱，于事无补。

以前，因为没忍住而留下的遗憾，已够多了，他已经到了一个懂得专注于少留遗憾的年纪。

妻子反反复复入院急救，这是他漫长人生里第一次见到"氧气瓶"这个物件，那是扯在心口的撕裂感，但他表现得不以为意——他常常在一些大事上看起来不以为意。他陪着妻子，在医院照顾她。他和妻子的感情简单单纯，但也复杂万分。

若梦浮生

人不会求什么得什么，起码不会立刻实现。项图耀和妻子的结合，到今天，依然可以算是政治联姻。没有人知道他们之间算不算爱情，或者有没有爱情。但是这么多年，他们相敬如宾，也相濡以沫，也曾相恨如仇却不露声色。

从寺庙回来，小玉换了自己的衣服，收起围裙，雀跃着穿过走廊。

"看路！这孩子。"

"权叔，大小姐……"

"大小姐可什么都没说。"

"啊，权叔，大小姐说改……"

"大小姐可是什么都没说，给你放了两天假，出去走走，车在门口等你。"

小玉越来越不了解权叔，以前她以为她是了解权叔的。得到突如其来的假期，小玉甚至没来得及规划行程，随意收拾一下便出了门，权叔派了阿宗开车送她。

"小玉小姐，权叔说这是您这两天的费用，可得省着点儿。"阿宗交代。

小玉推开阿宗递过来的信封："告诉权叔，我有。"

"那也得拿着，这是权叔让我给你的。"阿宗丝毫没有退却之意。

"阿宗，你个死脑筋，就当我送给你了。"

"这是规矩，我可不敢要权叔给的钱，权叔也不是轻易就给人钱的。"

"那你拿着啊，我给你的。"

"上次之林少爷也是这么说的，回头权叔就让我把钱给之林少爷送去了。"

"是吗，之林少爷还要权叔的钱啊？"

"就那一次啊，我送的之林少爷，也是让我告别时把钱给少爷的。"

"他要了吗？"

"没要，权叔让我再送的。"

"哦。"

小玉接了阿宗递来的信封，鼓鼓的，权叔朝他们走来。

6

之林在雪中走回自己的屋子，在噼噼啪啪的火炉声响里钻到被窝里去。炉火熄灭后，屋外寒风呼啸。天亮后，之林试了又试，门始终打不开。

床头的斧子泛着白光，他拿起斧子，走向门口。比起昨晚，暖和了很多，大概是风进不来的缘故。他在自己的世界里想自己的事情。他想起小时候，有一次被反锁在房间里，他又喊又叫了很久，还是没有任何人走过来。这时他仿佛听到有人说话的声音。他大声询问着，但是没有人搭理他，他嗓子都喊破了。像做梦一样，明明看得见却摸不着。

之林擦拭着斧子，很多事情冒了出来。现在，他不怎么想出去了，他喝一口酒，骂了一声。

时隔几十年，他骂的竟然是那个一心想要出去的傻孩子。之林蹲下来，经过一番喊叫求助之后，精疲力尽的他不想让人从窗户里

若梦浮生

看到了。

"不在。"一个粗犷的声音。

"这个时候会去哪里？"是那个脆脆的女音，之林听得清清楚楚。

"可能早走了，你看，雪都淹没了脚印，门都被冰封上了。"

"会去哪里呢？"她从窗口又往里看了看。

"应该是离开了吧，谁会一个人在这种地方待着。"

"你不是在这里待着？"

"我……不是一个人。"

"对，你呀，就是一个动物。"

对话渐渐远了。

之林是想求救的，如果不是听到那个脆脆的声音。

前一天，之林和老人刚刚打过赌，"大雪后，生活三天不求助别人，再来和我谈人生吧"。那是老人少有的开口。这才是第一天，屈服显然还是太早了点儿。

之林听到人声消失。风刮过雪野，他用斧子砍冰的声音像要响彻森林。之林不由自主地唱起歌，他已经忘记了是多久之前他唱过歌了。

不知道砍了多少下，门开了。像表示感谢，他戏剧般轻吻了斧子，他的双唇被冻在斧子上，任凭他怎么用力扯都没有用。

然而他的视线只能跟着脚印到密林中，脚步在一排树前消失。

7

阿宗在车库门口被权叔叫住。几天后，他踏上了去寻找之林少爷的路。阿宗离开两个月，没找到之林少爷，凑巧和小玉同乘一趟航班回海南。

回来后，小玉在镜子前看自己，很多雀斑好像都不见了，最为明显的是粉刺和牙龈出血完全消失。她对着镜子扬起嘴角，好像某些闪过的念头，能最好地增强抵抗力。

这一趟外出，小玉真真切切地走了一遍，她才相信了，世界上真的有人正过着某些只有在电视，或者小说里才能见到的生活。以前，总是听别人说，有人正过着某些人想要的生活，现在真切感受了，再看什么事情，都由之前的不可思议变得自然而然——尤其是项家最后的命运。

小玉没有告诉别人实情，她见到之林了，也没有告诉之林此行的目的。她还沉浸在见到少爷的兴奋中，但是她为自己不得不说假话而难过。看得出来，之林少爷也很高兴，但是这高兴即便是笑着的，她也能感受到北方森林里的那刺骨的寒冷。

"少爷！"小玉几乎是扑过去的。

"是有些日子没听到人这么叫了。"之林张开双臂，却没有抱小玉，他给她拍了身上的雪。

"少爷，您这头发和胡子……"小玉停在那个以为的拥抱前。

"离开家就没剪过。"之林骗她。

"叮咚应该都不认识你了。"小玉说。

"不会，见到我，一定也会扑过来。"之林笑。

"少爷，这里没有浴室吧。"小玉环顾四周。

"这个……"之林耸耸肩。

"我帮您剪头发吧，我现在可是剪得最好的，前两天我还给之华少爷剪呢。"小玉拿出一把剪刀。

"哦，二哥。"之林极力掩饰他的惊讶。

"董事长现在和之华少爷的关系可好了。"小玉拿剪刀的手微微有一丝颤动，一闪而过。

"是吗?"之林拉了一个凳子坐了下来，背对着小玉。

"是啊，大家都没想到，现在连之恒少爷和之秀小姐都会过来吃饭。"小玉稍有停顿地为之林系上剪发用的围布。

小玉的手碰到之林，他感到头皮一阵发麻，他的身体顿时像有股电流流过那样微微颤抖。

"您不在的这段日子，家里发生了很多变化，夫人的病全好了。"小玉轻轻地挑起一缕之林的头发。

伴随清晰的"咔嚓"声，一缕头发从围布上掉落下来，滑落到之林左脚边。

"小玉。"

"少爷，还是叫我文迪吧。"

"文迪，爸最近好吗? 大家都好吗?"

"总的来说还是很好。"

"分开说呢?"

"权叔离开了。"

"权叔?"

"不是不是，您看我，权叔离开家了。"

"去了哪里?"

"现在还不知道。"

"不辞而别?"

"董事长好像知道，但他没有说，大家都以为权叔是因为什么事走了。"

"我想见爸爸。"

……

"谁让你来的?"

"权叔。"

"权叔没有走对不对?"

小玉不太会说谎,因此她也就什么都不再说了。此行的目的,也没有达到,她以后再也难有机会见到之林了。那是一个信封,里面的字是打印体,没有落款,所以她也很难确认是谁要她去做这件事。某一个瞬间,她差点儿真的下得去手,因为那个不知是否真实存在的谣言,但最后,她只是偷偷地带走了他的一缕头发。她不能确认,阿宗是否也见到了之林少爷,他们没有交流。

关于项家大院的谣言很多,小玉却出奇地没有相信任何一个。可能阿宗也没有相信,所以之林得以活着。

一个刚刚下过雨的傍晚,之林装扮得像一个消瘦而眼神迷离的病人挑着一筐杧果在项家卖掉的旧宅门口歇了歇脚。隔着整整一个大院,小玉一眼就认出了他,数秒的慌乱后她选择视而不见。

8

人总是会变的,之溪清晰地有这个意识是因为她每天用过去那种看似神神叨叨的各种行为为母亲祈福。

她没有想到,她会在现代医疗水平如此发达的美国,做一些除了保持内心暂时的安宁以外,别无用处的行为。

　　开始的几年，父亲并没有什么要求，后来，他在电话中，明确告诉之溪，只要不回来，可以做任何她想做的事情。所以她忍受着思念，她想念每一个人，包括姐姐。

　　小玉第一次见之滨的时候，心里发慌。她和谁说话都带着一股说不清道不明的怒火，好像谁都欠着她，谁都对不起她。但时间久了，小玉发现，大小姐之滨是最纯粹简单的人，或者可以说，整个项家大院，看起来蛮不讲理的之滨小姐是整个家里最没有城府的。

　　之滨也是权叔最不上心的，除非之滨走到了他的面前，不然他们基本不会有什么交集。而这一次，是她主动找的权叔，她坐在客厅的沙发上，像往常一样，边看电视边吃东西。

　　"大小姐，您找我。"权叔的身体微微动了一下，站在茶几的另一边——之滨的斜对面。

　　"今天的。"之滨从茶几上拿起报纸，递给了权叔。权叔双手接过之滨递来的报纸，这张报纸，他比任何人都先看到。之滨没有再说话，继续看她的电视。

　　"如果大小姐没其他事，我先下去，等看了做出新的对策然后再来向您汇报。"这是权叔第一次和她说这么多话。

　　权叔从客厅退出来，他能清晰地听到楼上踱步的声音。

　　图耀集团的股票跌至谷底，是一个星期以后的事，从这一天开始，媒体的风向变得不可控。唯一还值得高兴的事情，是新闻里董事长妻子恢复了健康。兜兜转转，项家庄园卖给了一个不明身份的外地人。之栋和之杨一家带着父母离开了海南，北上去了大陆的沿海小城。卖房的时候，小玉提出请求，希望可以留下来工作，这一请求得到应允。

几年后，之溪回到海南。这个已经被改造成医院的大房子，她决心买下来，尽管三十五岁的她依然单身，她也确实不知道买下这房子将来用作什么。院长明确告诉她，医院经营得很好，并无出售打算。之溪被说服，去了日本。她关注更多祖国的新闻。

在家书里，父亲写到的，无一不是关于家人的平安健康与殷切希望，包括从亲人说起，父亲多次强调亲人不只是血缘，最后交代如果可以，最好不要回来。

之溪在伊豆买了不大不小的院子，家里除了一条叫"本田"的狗，有生命的就只剩下满园的植物。由于很想在院子里种杧果，她卖掉日本的宅子，回祖国定居。

这和当年父亲做的决定一模一样。已经在国外待太久，按理，她是不会想回来的，倒是父亲回忆录里的事，几乎百分之九十都发生在这长满杧果的院子里。常年说日语或英文，之溪对中文有着隔代的疏离，为了能更准确地表达自己的意思，她特意带了翻译，医院方面表达不想卖房子，之溪觉得不能强人所难，会想别的办法。她也没有表明身份。

当之溪小姐告别院长和翻译，独自站在自己生活过如今躺着很多病患的院子里，她说不出话来，那些低矮而破败的假山花园，对她来说，过去就是整个世界。

之溪和小玉，除了在小玉的意念里，还没有真正见过一面。

"您就是之溪小姐吧?"

"你是……"

"我叫小玉。"

"你好。"之溪带着长时间说外语的口音，"我们，认识?"

"我见过您，不过那时候您还是个三岁的小女孩。"

……

"我是说在客厅那张全家福上。"小玉忙补充。

"我没有变化?"

"当然不是。"

爷爷西去的时候，之溪小姐远隔重洋。很多话她太不懂得说，如果是早些时候，她都会讲给权叔听。权叔那时候带着之林哥哥和她满院子跑。

之溪和小玉都有无数的话，好像找到了对的人，可以讲给对方听，而最后都欲说还休。小玉是到了项家大院后才开始去了解家族的，但不是自己的家族，而是项家的。她像个记录者，走到这个家族里面去，但无论她多努力，都只是微不足道。

之溪小姐在大洋彼岸和爷爷心灵对话的时候，她还只是路过这座大院的学生，只是好奇这里面发生的一切。

之华少爷和老爷之间的关系，小玉能感觉到，但是她说不明了，好像那些仇恨都随着图耀集团的败落而终结。小玉开始去理解她思维体系之外的事物，败落也是消除仇恨的有效途径。而这些之溪小姐更不可能理解。

小玉只是觉得有时候，她把自己当成了之溪小姐，小玉说这可能只是魔障。她羡慕那些在爷爷奶奶膝盖上拍全家福的孩子，就算之溪小姐没在膝上，坐在地上的她也是被全家人爱着的，那种爱跟她所在照片上的位置没有关系。

小玉对之林少爷和之溪小姐的情感，全部来自项家大院客厅里的那张全家福，它太耀眼，那是她这一生里最希望和期盼的，但是她——没有。

她能有的，是那盆之溪小姐面前的文竹。

没有而渴望是促使一个人不顾一切的最大动力，那是小玉理想的人生，也是她理想的位置。她曾经在很多个夜里在那张照片下面痛哭流涕，直到月亮渐渐被朝霞吞噬。

之溪从假山的石洞里取出个黑色的木盒子，小心翼翼地打开锁，拿出左边的白布袋，将刚刚剪下编了号的头发放入。随后打开了另一个白色布袋，轻轻掂量，又放回原处。木盒里的这两个袋子跟了之溪多久，没人知道。

之溪将两个袋子打开，认认真真地上了锁，又放入家里唯一的旧式衣柜不带镜子那侧的顶格，用一件灰色的呢子大衣盖上。她在阁楼上播放《似是故人来》，然后做饭、打扫、洗衣、晾晒、对着镜子拔白头发、收信。

这些都是她在国外朝思暮想的生活，她要亲自走一遍内心的地图。

9

小玉把文竹搬上车，这是她从项家大院里带走的唯一实体。走到这一天，她用了很多年，最终决定放弃购买项家大院，是在见到之溪小姐后。小玉恍然明白，这庄园对于主人意味着什么。仅那一面，她仿佛听见之溪小姐心里响过的无数振鼓，都被重重远洋阻隔了。这些年，她总在盼望着那个离开的人能从大门口走来，要如孩童般天真烂漫，也要似反串般眼波盈盈，笑靥如花，要和他走的那

若梦浮生

天截然相反。

车上广播里图耀集团的股票一夜之间涨停，新闻上对此事进行了五花八门的报道。小玉微笑着关掉车上的广播，她出神得甚至忘记了下高速。几盆身姿摇曳的植物在车后座和副驾驶上轻盈摆动，这是她经历过的最温柔的下午，好像她第一次见到之林少爷的那个下午，她就这样鬼使神差地走到这个故事一样的生活里来。

车转弯时，文竹飘摆，小玉想：之溪小姐这样的人，尽管她看起来好像很难懂的样子，但这可能就是简单到纯粹了吧。之溪小姐是走往自己意境去的那种人，没有后悔错过了任何事物，只是不舍，那不舍是寒天里的雪，存着是存着，太阳出来就化了。

走出去，小玉不会再和人说起这个地方，也不会和人讲起发生在这里的事，就算有人信，也不会讲，她不能冒险。

走进人群深处，之林感到一种深深的宁静扑面而来，所有与己无关的是非喧闹都安静无比。原来他绕得开是非福祸，绕不开雨露星辰。

之林离开后的第四百九十天，项家的车候在机场外，却始终没有一个叫项之林的乘客到来。四处打听，整个鄂伦春也没有听说过这个人。

人们只见到久未谋面的驯鹿师又回来了，还带来了个年轻人。

都说驯鹿师找回了儿子，也有人说只是一个年轻哑巴跪拜了老哑巴为师。

路杨和熙允

寒冬腊月，人影稀疏。

熙允无论如何也没有想到，还会再遇到路杨。在这个全民防疫的特殊时期，在这个匆忙赶着转机的深夜国际航班时间。

时隔多年，即便路杨戴着口罩，熙允依然能清晰地认出，是他。和过去一样，她依然不敢看他那浓密睫毛下黑洞一样的眼睛。但这次她没有回避这个迎面而来的目光，而是回之以咄咄直视。很快，她直视的，便不是他的眼睛，而是他的头发。

倒是路杨，在熙允即将走近他的时候，不知怎的打翻了手中的咖啡，溅满了他的裤腿与熙允的行李箱。熙允没有任何停顿，她拉着箱子，匀速径直地朝着安检口走去，听到路杨一连串说了好几个"对不起"。

熙允不敢去算，到底有多少年了，她在北方城市打拼的这些日子，空气中到处是干干爽爽的。日常生活里，无论凛冽或温暖，她谨小慎微，就连一杯水都从来没有打翻过。工作中，更是精干高效。

但是此刻，流了一地的咖啡将她的思绪势如破竹炸到那些简单却带着固定画面和烙印的日子，她那又美又暖还带着些许苦涩的中学时代。那是一条缓慢而绵长的河。

五月，南方边陲，雨过天晴。

熙允站在离走廊三步远的地方看操场，风吹过，她能闻到自己头发的清香。这应该是一天中最惬意的时间，可她眉头皱得紧紧的，好似有藏不住的重重心事。

她皱起眉头，其实只是在担心操场上还有一摊一摊的积水，他千万不能滑倒啊。熙允不仅要保证看得到操场，还要确保操场上的人不会仰头就看到她，这样得持续到上课铃声重新响起。

通常，铃声一响，熙允就去卫生间，洗手或照个镜子，再转身出卫生间。这个时候一定要小跑，正好和抱篮球的路杨同步挤进教室。此时，老师通常已经站在她刚站过的位置向右三步。

在所有的青春时光里，女孩子们似乎大部分对数学课堂并无强烈热爱与好感，但那是熙允最期待的地方。只有在那里，她才能更全神贯注、肆无忌惮地看他，以及那件纯白色 T 恤。

尽管她不止一次公开否认过，并在多人面前义正词严地说从来没有喜欢过他，但那些口是心非都是给外界看的。

在心底，她清楚地知道，是否承认，都不影响她继续看他在操场上飞奔。这对她来说，远大于所有对外解释的意义。

她觉得外界的谣言依然需要澄清——关于自己和路杨。她相信距离产生美，也是这句话，几乎成全和毁掉了她整个可以称得上青春的岁月。不管她如何竞赛，如何领奖，如何一次次地站在全校表彰大会上，于她而言，只要是与路杨遗憾错过，所有一切都黯淡无光。

公开否认过后，听到上课铃声，她没再像接受指令一样去卫生间，再假装巧合地冲进教室，而是一直站在原地，刻意回避一切引发误会的可能，站到忘记接下来的课。

"老师都进教室了，还傻等着做什么。"米亚总是跑出来把熙允拉回去，她就痴痴傻傻地跟着米亚进了教室。米亚跌跌撞撞地跑进去，拉得熙允也跟着脚步踉跄。

每个课间，熙允都雷打不动地站在原地，她竭力用能想到的方式，撇清与路杨的任何关系，她想让否认看起来更有说服力。

所以慢慢地，有人说熙允在走廊上一直站到上课铃响，是在看隔壁班赵小光，因为赵小光有时候还会过来和熙允说上一两句话。更主要的是，赵小光也是每天回教室最晚。

只有熙允知道，自己始终是在看谁。

也只有赵小光知道，自己为什么那样晚。

预备铃声响了很久过后，路杨抱着篮球气喘吁吁地跑进教学楼，用只有他自己才能听到的声音对熙允说："赵小光今天没来上课。"

"什么?"熙允只看到路杨的嘴在动，他的眼睛只看了熙允那么一下，一扫而过。

"赵小光今天没来上课。"路杨说着就走远了。

"谢谢。"熙允心跳加速，她不知道自己中了什么邪，竟然在迷迷糊糊中脱口而出这样两个没头没脑的字，也正是这两个字，建立起了他们之间微妙的联系。

这联系，是属于她和他的，既然路杨能听到关于赵小光的传言，那一定也听到过关于他自己的吧。所以她必须把握所有机会，在适当的时候，坚决否认，哪怕这否认不堪一击，她也要不遗余力。

在熙允心底，那不是什么欲触碰又收回的手，而是欲触碰又收回的尊严。只因为，那些关于她的流言，还有另一个广泛存在的版本，也是更接近真实的版本——熙允看的人是路杨。但是这个版本最初出自谁之口不得而知，最后到达熙允耳朵里，是通过米亚。

那是在一节美术课上，熙允在本子上无意识地画出一个背影，尽管很快意识到什么立即快速用橡皮擦去，但还是被米亚发现。虽然只是些简单的线条，但是勾勒出来的，简直就是一团被纸包裹着的火。

放学，轮到熙允前后排四人小组打扫卫生，同桌生病了，就剩她和米亚、黄景三个人值日。

熙允喜欢所有能在学校逗留的日子，不管是因为什么，只要有一个适当的理由，她便可以从多角度看到那个球场上的身影。教室、走廊、水房，每个场地都有完美看向操场的角度。

即便不能像课间那样肆无忌惮地站在走廊上的人群中看向操场上人群中的他。那微微弱弱的一眼，只要确认那个背影就在那里，她无论做什么都是心中暖暖的。

"看，路杨，可别说出去。"米亚越过一张桌子，凑近黄景的耳朵，然后下巴转向端着水碎步走向教室目光却看向操场的熙允。

"不可能吧。"黄景不置可否，"那赵小光呢？"

"赵小光，赵小光，你知道什么呀。"米亚推开黄景。

"那我那什么，你还不知道呢。"黄景半认真半戏谑地看米亚，他不知道为什么也推了回去。米亚退了几步，差点儿撞在桌子上，黄景右手撑在桌上，坐上了桌子。

"那什么什么？就你什么？"米亚跨过来便要打，黄景跑，刚摆放整齐的桌椅板凳又被两人拉得横七竖八。

"是不想回家了，你俩？桌子摆放整齐又给我拉成这样。"熙允看着教室里一片狼藉。

"她说路杨喜欢你，我不信。"黄景把事情描述成另一个样子。

"他胡扯，明明是……"米亚喊着追上黄景，扯着他耳朵在教室里转。

"赶紧打扫，好了就走吧。"熙允打断米亚。

"明明是说熙允喜欢路杨。"米亚纠正黄景。

"你说什么？"熙允放在窗台上的一盆水在慌乱中打翻，她脖子以下都湿透了。

熙允先是被黄景的话深深击中，无论真假，到达她这里，就已经是一个事实。但是，她要让这个事实改变。那就是就算路杨真的如黄景说的那样喜欢她，也要否认自己的名字是那个放在句子前面的。

之后是被米亚的纠正怔住。还有谁比她更清楚，这就是一个事实？可是，为了她那卑微的，甚至在她当时看来已经低到尘埃三尺以下的尊严，她必须否认。她哪里知道，在爱面前，是谁先开始，谁爱得更多，和尊严不成任何比例，可惜那时候的她，就是要把这一切和自己撇得干干净净。

后来米亚和黄景说了什么做了什么熙允完全忘记了，就这样，她轻而易举地做了一件抱憾至今的事情。就像那盆因慌乱而被打翻的水，终究是应验了什么叫覆水难收。

熙允没有顾得上教室的水，她奔向教学楼尽头的卫生间，逃离已然清楚明了的现场。

"让你多嘴。"米亚把黄景拉过来，让他面朝黑板，哈出气来，黄景一溜烟跑了。

113

米亚追了出去。

黄景从另一个门里跑进来拿了书包，又取走米亚的书包，跑下了教学楼。米亚气喘吁吁地跑回教室，又追出去。

教室里那被熙允打翻的水，正绕过一个又一个桌椅板凳的脚向四处漫延。

"黄景，你再不站住明天有你好看。"米亚的声音从空旷的操场上传来。

"我帮你背书包。"黄景边跑边喊，放慢了脚步。

球场上的身影已经不在，熙允用卫生纸吸了半天衣服上的水，回到教室，用擦窗户的毛巾一点点地擦干净了地上的水。

摆好教室的桌椅，熙允看四下没人，太阳已经照到桂花树的最顶上了，整个校园除了桂花树都被阴凉覆盖。白天的时候，她总想，太阳毒辣辣的，在球场跑着多晒啊。她恨不得把家里的大雨棚拿到球场上支起来。

情不自禁地，熙允偷偷地在黑板上写上了路杨的名字，又写上自己的名字，她先在两个名字之间画了一根线，然后再画了一根线，成了一个等号。他们就像这两条并行的、短短的横线，曾这样接近，似可无限延伸，却终生不逢不遇。

在熙允将要画上什么的时候，卫生检查小组来打分。熙允在等号上画了一根斜线，在门被推开的瞬间，她迅速地擦去黑板上的字。路杨作为协助打分小组检查员，手臂上戴着红袖章跟在几个老师和学委之间。他手指从黑板上画过，有淡淡的白色粉末留在他的指肚上。

黑色板面上有些许粉笔灰的颜色，路杨的手还没落在黑板上，熙允已心跳加速，她屏住呼吸，一步迈进路杨与黑板之间狭小的空间，她能清晰地闻到路杨身上洗衣液的味道，她慌乱地用袖子在嘴边蘸了口水，拼命地擦尽两个名字，以及一个那时候她还不知道终将意味着什么的不等号。

路杨的目光掠过被熙允用袖口擦过的黑板，他们几乎是同一时间，都以最快的速度离开了讲台。路杨的眼睛，瞥见了熙允湿漉漉的校服，那衣服似乎还能再拧出水来。熙允很快低下头，目光落在路杨的小腿上，又迅速地把目光移向其他人。

检查小组的其他成员依次检查了地面、窗户和桌椅之后，打了分，离开。熙允呆站在高高的讲台前，讲台挡住了她小小的身体，只露出了她半截脑袋。她目送他们出去，路杨走在后面，他为熙允关上了教室的门，他们一句话都没有说。

熙允望向黑板，虚弱地靠在了讲台上，好像刚刚经历了一场战争。

听到脚步声远了，很远了，穿过楼道的声音，下楼的声音。现在熙允依然不知道为什么，为什么当时她要跑到窗户边，探出头去，正是这一眼，才让她在往后的时光里久久不能忘怀。

熙允探出头去的时候，路杨正在看她的视线前方，她的目光和路杨的目光不偏不倚地对上，他们明明四目相拥，却要转头各自躲藏。熙允先是迅速蹲下，本能地、不受控制地面红心跳。当她意识到什么，又缓缓地站起来，假装不慌不忙地重新回到窗户，将那扇半开着的窗户关上。

路杨的目光始终没有离开过那扇窗户，熙允只感觉到，他好像带着一点儿笑意，熙允分不清是轻蔑的还是赞许的，只是暗暗地浮在他嘴角，然后转过头去。

天色暗下来，熙允一个人坐在靠窗的教室里，她要等衣服再干一点再回家。她不知道那个相遇的目光和转过去的头，到底意味着什么，她想起另一件依然不知道意味着什么的事情，那件和路杨有关，却看似毫无关联的事情。

熙允不想那么早就回到家里，就算离开学校，她也更愿意走在路上，哪怕路不够长，所以她常常斜着走。有时候盯着路边一些有趣的物件看，便能熬过很多时间。

若是盯着操场，熙允能看一整天，如果有人告诉她太阳正照在学校的某个位置，她就一定知道是几点。米亚试过几次，季节不同，太阳下的阴影所展现出来的时间也不同。现在她还清晰地记得，那时候太阳照过的地方，那道光影分界线是怎样升起和落下的。十四岁，对熙允来说，像极了那些起起落落的太阳，也像极了她明明暗暗的人生。因为她就是在这些变化无穷的光影里看到路杨的。

刚开始，熙允并不是真要看什么，她只是站在那里，思考孩子长成大人以后到底懂不懂孩子，孩子是不是无法理解大人。熙允有这样的想法，不足为奇，她以为父母要离婚了，总能听到他们大声说话，但没有当着她的面，声音透过门缝传到她的耳朵里。

后来她想，这可能只是世间部分父母在某一阶段相处的方式，但这些让她提心吊胆地在三楼看太阳的影子，她总是不愿意回到家里，那里整整齐齐干干净净也冷冷清清，有时候就只有妈妈和她在家，有时候妈妈也不在家。

在她站在那里发呆的时候，一个身影固定而长久地占据了她的视线，风雨无阻，雷打不动。

116

在家，她边看电视边写作业，边写作业边吃饭，边吃饭边想：要是以后和操场上那个身影结婚，他们一定不要住在很大的房子里，不要大声说话，不让孩子感到害怕。但是这个想法让她感到慌张，让她在后来的否认里果断坚决。

所以熙允从十四岁，就开始喜欢小房子，米亚家的那种。

有一次米亚生日，米亚的爸妈邀请同学们去吃饭，那是熙允第一次去米亚家。那房子真的很小，她不知道具体的面积，但是，被他们称作客厅的房间小得几乎放不下熙允家的餐桌。他们看电视、做饭、吃饭，包括米亚写作业都在这个被叫作客厅的小房间里。

米亚的爸爸和妈妈做饭的时候，根本没人再能挤进去。生日宴的晚饭是摆在室外吃的，那是一条灰蒙蒙的临街路面，桌子垫了捡来的石子才放得平稳。米亚扯着大嗓门，和街坊邻居说话。别人家流着鼻涕的孩子跑过来蹭饭，米亚妈妈给孩子小板凳，往他碗里夹肉。

街坊间过生日的礼物，端着自家一盘菜也算，再说一句"小亚生日快乐"，然后自带板凳，就齐全了。

熙允一开始感到诧异，后来就开怀地吃上了。因为她看到，坐在她对面的路杨，大口大口地吞咽着饭菜，她看到他喉结处一上一下的，汗珠从他咀嚼带动的面部顺着脖子往下掉，白色 T 恤的胸口被汗水浸湿。她转身接米亚妈妈添过来的饭，后背的衣服也被汗水浸湿了一大片。路杨转头，熙允赶紧低头夹菜，不料两人夹到同一盘，筷子碰在一起，那是两个星球相撞的声音。

熙允随意地夹起一片辣椒，辣得眼泪直流。米亚赶紧递给熙允一杯水，路杨抬头看她，她喝了呛得更厉害。路杨狼吞虎咽吃下整碗饭，最早一个离桌。

吃完饭，同学们提议要走，一个原因是天黑之后回家是一件被禁止的事情。玩得开心的熙允自然不想走，可那是规矩，规矩是用来遵守的，她一向如此。另一个原因是她不想一看到路杨就慌张，她尽力掩饰，让自己看起来轻松随意，但都失败了。她感到费力，脸热，红晕已经蔓延到了耳根。

米亚的爸妈不放心熙允自己走，因为别的同学都顺路，只有她住在另一边。米亚气得直跳脚，因为大家走了黄景就没有理由再留下来。于是米亚让黄景送熙允，她只放心黄景和熙允在一起。

熙允是真的想留下来，有路杨在，尽管他们一句话也不说，一个对视也没有。可能那是一个十几岁的孩子对怦然心动最早的认识。

黄景和熙允刚走，米亚追出来，身后是骑着自行车的路杨。

"我和黄景去买东西，他送你回家，已经说好了。"米亚说着，拽起黄景朝着米亚家相反的方向跑去。

"谢谢，不用了。"熙允说。

路杨的自行车在熙允旁边停了一会儿，熙允没有上去，他也没有下来，熙允快步走在夜色里，路杨绕着"之"字形骑车紧随其后，两个人一路无话。

熙允家住在有大斜坡的富春花园，有很长的一段路，路杨是推着自行车走的，熙允始终没有回头去看。有时候借着灯拉出来的影子，她能看到路杨和自行车的影子。

熙允到家，妈妈刚从同事家孩子的满月酒宴上回来，正在烫熨爸爸的衬衫，旁边堆着熙允的裙子和校服。

"回来了?"妈妈问。

"嗯，回啦。"熙允答。

从狭窄局促的米亚家回来，她的心里长出一丝小小的希望，长大就要住在那样的一个地方。而且是和路杨，除了路杨，谁也不行。

同桌吃饭的时候，她已经自然屏蔽掉了所有人，只有她和路杨。

那是一个中学生对自己美好生活最早的向往。生活的种子，就这样悄悄地在她心间生根、发芽。只要见到路杨，就有雨露和阳光。

"送你回来的那个男同学是谁啊?"

"黄景。"

"哦，玩一天了，快洗澡睡觉吧。"

"日记还没有写。"

"明天再写。"

"明天就不是日记了。"

"写在日记本上的都是日记，什么时候写都一样。"

"不是说今日事今日毕吗?"

"那快写，写了睡觉。"

"先洗澡吧，在床上写。"

"爸爸呢?"熙允又问。

"快洗澡。"妈妈催促。

爸爸大部分时间都在外面吃饭，有时候也在家吃，但那样的时间少之又少。

爸爸回来以后去了书房，书房就像是爸爸的港湾，他在那里躲避风浪，也躲避阳光。熙允有时候会去敲他的门，请他签字。那些优秀的成绩单总能使爸爸揉揉她的头发。爸爸签字的时候，熙允看爸爸的电脑，有时候上面是单机扑克牌游戏，有时候是别的。

119

妈妈除了打扫书房的卫生，多数时候是不会进去的，就算是叫爸爸吃饭，她也只是敲门而不入，更何况后来家里还装了门铃。

从浴室出来，熙允在房间里走，她粗略地计算了一下，除去楼上楼下，单就她自己生活的这一层，就远远超过了好几个米亚的家。

这一晚她的日记里只有六个字：给米亚过生日。

在一个页面上，她歪歪扭扭地画了一整晚的图，铺满画面的是一排一排的路灯。

她的脑子里，全是几乎没有一样植物摆设的米亚家，门口是块小菜地，大葱、茄子和辣椒茂盛地生长着。想想自己家，熙允有些懊恼。楼顶花园的植物没有一样是能吃的，从米亚家回来，她甚至盘算将楼顶花园改造成一块菜地。

星期天熙允跟着爸爸妈妈一起去看住在镇上的爷爷奶奶，熙允说："要不让爷爷奶奶来我们家住吧，我们家太大了。"

"好啊。"妈妈坐在副驾驶上，她看着前面的路。

"爸，你说好不好？"熙允问，她无法从车窗里看出爸爸的想法。

"好。"爸爸说完就不再说话。

"那什么时候？"熙允问，"什么时候去接他们来？"

爸爸妈妈都没有作答，她也就不再问了。

熙允想起在米亚家，米亚的爸爸妈妈一起做饭，抢着加盐，抢着加糖，有时候还会轻轻拍打在对方背上，偶尔骂对方一两句"不长脑子"之类的话。可是这些，她从来没有看到发生在爸爸妈妈身上。

车飞驰在路上，这个时候，米亚想起了路杨和他的自行车，以及和他有关的一切。

本来路杨和黄景是一处打球的，也一处上学。龙老师家的窗玻璃常常被他们踢成渣，赔钱扣分对他们来说是家常便饭。

男生总是会为了女生产生友谊，也会因此失去友谊，尽管那时候他们都还无知懵懂。路杨和赵小光就是这样。

和其他学校的篮球赛，如果米亚和熙允都在，路杨、黄景和赵小光会赢得比较快。

哪怕她们不在球场，而是在上操场大桂花树下的乒乓球桌前嬉闹徘徊。

熙允有时候会在那里打乒乓球，在女生里她算是打得好的。但选她参加比赛，是路杨点的名。熙允果然不负众望，获得女子组冠军。领奖那天，她穿一件蓝底白花连衣裙，从台上往下看，第一眼看到路杨，他在人群中仰头鼓掌，以一名普通观众的身份。

放学后，米亚和熙允站在楼上往楼下看，她们只是眼睛看着乒乓球桌，但各自知道，她们并没有在看乒乓球。

路杨和黄景，总是上操场踢野足球，回家一天比一天晚，有时还会加上赵小光。在数学上，依然是路杨第一，赵小光第二，黄景第三。

"看，米亚在看你。"赵小光传球的时候把话一起传给黄景。

黄景二话没说，飞跑去买了一包冰袋，就往楼上去。赵小光抬头望向教学楼，走到楼梯边坐下。路杨走上楼去，和熙允在三楼的楼梯上擦肩而过。

第二天，米亚带来一袋邻居送的桃，递给黄景。他分给了大家，大家都用校服蹭了一下，留下一层毛毛在衣服上，脖子都过敏，热辣辣的。

过了七月，他们转眼即将成为高中生。

按照成绩分班，外地来的李苗苗加入了他们。女生们穿蓝白色的裙子跳舞，领口是外翻的白色，蓝底白花连衣裙。不久以后，就听到人说，有人谈恋爱了。无论事情怎样开始，它的结束都难以预料，即便背后一定深藏着严密而不易被察觉的逻辑。

关于早恋，黄景和米亚是承认的，赵小光和李苗苗也是承认的。

只有熙允，矢口否认。

只有路杨，绝口不提。

赵小光和黄景找路杨理论："你要是不喜欢熙允，干吗还选她参加乒乓球赛？"

"她打得好。"路杨回答。

"那你还送给她相片，还送给她你的相片？"赵小光加强着语气问，路杨没有说话。

"如果不是，别误导人家。"赵小光看路杨。

"照片是我亲自给了熙允，千真万确是路杨给我的。"黄景说。

几个星期后，赵小光的爸爸被紧急调到城里，三人兄弟学霸组，就剩路杨和黄景，大家渐渐疏远。

除了比赛，很少像过去那样在一起。

后来米亚问黄景："会不会那张照片本来就是路杨给你的，你给了熙允。"

黄景反问："你说呢？"

两人又追逐打闹，他们还没有意识到，这个时候六个人已经走在散场的路上了。

但真正开始走散，要从去操场路边大柳树下的棋盘开始说起。

米亚和李苗苗要路杨和黄景在小学的大柳树下等她们。那天熙允哭得伤心欲绝，路杨只说了句，女生要自重。从此以后，在一个人的情感这件事情上，熙允心如铁，面若霜。

后来她做的所有拒人于千里之外的行为，在外人看来都是因为她骄傲，只有她知道，那句无数遍回响在耳边的要自重。

那天一起来的，还有熙允的朋友，长得很好看的田湝。米亚和李苗苗走在前面，田湝牵着熙允来质问路杨："如果你不喜欢熙允，为什么要容忍别人说你们在谈恋爱？"

路杨觉得熙允和田湝，就像自己和黄景、赵小光，但是也不完全像。女生思考问题的角度是讲清楚，以为只要是问题就能讲清楚。因为赵小光不在，黄景被当作唯一的证人，在那棵上操场的大柳树下。

到毕业，没人看到路杨、熙允二人说过一句话。但是熙允不在的那个五四青年节，她的奖品和奖状是路杨代领的。

很多决绝是从一开始就注定了的，后来大家发现，初中毕业照，没有熙允；高中毕业照，没有路杨。他们好像从来没有读过同一所中学，也没有在同一班，甚至好像从来没有过任何交集。就连曾是同学兼好朋友的米亚和黄景都无法提供给他人任何证据。就算是同时出现在一起参与办的手抄报同一版面，他们用的也是笔名。

年少时的梦想，真是又天真又浪漫又荒唐。六人组没有解散时，女孩子们曾经想过，将来这三家人一定是最好的朋友，我们的孩子都在一起长大。

想想真好笑，那时他们真是孩子，天真无邪又无知。

后来，他们送出去的东西，都被还了回来。再后来，路杨、黄景和赵小光，已经不来往，没有人知道理由。路杨和黄景都不再打篮球，而是踢足球，也各踢各的。也许，如果赵小光没有转学，可能会不一样。可能他们现在还相约去踢别的学校，别的省市县，也有可能是真的会去踢别的国家。

还能看见他们的时候，熙允自己瞎唱一首歌：为了国人的期盼，为了心中的理想，为了 2008 年的赛场，前进吧，注定今生辉煌……

路杨、黄景和赵小光是最好的兄弟，赵小光走后的一段时间，他们依然还是最好的兄弟，没有往来也是最好的，这是男生之间的友谊。人一辈子要有很多兄弟吧，路杨只在某个时间是黄景的兄弟——在他们还年少的时候，每天一起上学，一起放学，一起打败所有对手。

后来熙允的朋友田浩也转学了，熙允就开始独来独往。

听说熙允和路杨都参与了办手抄报，米亚和黄景偷偷去看，看到他们两个在教室里，天冷冷的，谁也不说话。米亚感到高兴，开心地捶打黄景的肩。可是他们看了很久，差不多要抄完一半版面了，两人始终谁也不和谁说话。

米亚狠狠地打在黄景的肩上。

离熙允不远的地方，有个蜂窝煤炉正冒着蓝色火焰，有一氧化碳的味道从窗户里冒出来。

最后，熙允先走了出去。

黄景惋惜地说："为什么要走开，耗啊！"

米亚说："如果我是熙允，也会先走出去，不然，路杨不会主动靠向蜂窝煤炉。"

黄景说："你们女生的脑回路啊！"

但是，他们彼此不说话的原因是什么，后来说了没，没人去探究。

只有米亚，她为此着急。

可能正因如此，直到今天，米亚依然是路杨最好的朋友，也是熙允最好的朋友。

大柳树下的那天，一定有人说了谎，或者，大家都做错了一件事情，不该问路杨那样的话。至少那样还存在一点希望。

米亚觉得这件事情对不起熙允，也许正是这件事情，她和黄景才渐渐疏远起来。

那天当熙允和田湉挽着手离开的时候，其实黄景和路杨也各自走向另一边。

多年过去，六个人再没有在同一张桌子上吃过饭，本以为谁结婚其他人都会来，但是没有。也许他们中谁的孩子结婚，大家再聚到一起的概率更大。

他们中的几个人会想，大家都出现在熙允的婚礼上，会是什么样子。米亚还想问赵小光和路杨，当初说要彼此结为亲家，是不是还算数，因为三家都生了男孩子。

蓦然回首，说谎的傍晚，感慨万千。六个人，只有熙允依旧单身，还留着已看不清脸的路杨的照片。

不知道熙允想不想知道，反正大家是很想知道的，路杨为什么要在年少时送一张照片给她。是真年少无知不懂事，还是当时确实闪现过一些什么想法。

或是误会，或者只是单纯地想要给她一张他的照片，只为不再回避地四目相见。

又或者，如熙允猜测的那样，路杨并不喜欢打球，他之所以每节课都要去球场是因为可以每节课都最先出教室门，最后跑回来，这样可以从熙允的旁边经过。有一次，他碰掉了她的练习册，两个人的头曾撞在一起。

除此之外，再无别的可能，大学毕业后，每当她遇到那些优秀的、卓越的、对她同样倾慕的人走向她，她都正面地迎接对方的目光，无论内心曾经如何锣鼓喧天。当真的面对一个她哪怕只是片刻会心的人，她都保持着表面的平静，像关掉一道阀门那样清晰地扳动闸阀。势如破竹也好，滔天洪水也罢，通通都被她挡在阀门之外，继而达到内心的平静。

就像今晚，她敢于直视对方的眼睛，以至于认出它的主人。

安检口，熙允收到米亚发来的截图，界面上是一张熙允戴着口罩的侧影照片，和一句路杨的话："在机场看到一个人特别像她，吓得咖啡都打翻了。"

熙允没有回复，径直走向登机口。此刻，那些疲惫却依然奔波的人正在等候或赶赴各自的目的地。熙允看着眼前的一切，鼻子一酸，忍不住眼眶湿润，那些深藏海底的话语，就让它永沉海底吧。此次航班落地的时候，她就要正式去迎接新的黎明了。之前的每一次飞机起飞或降落她都会因为瞬间失重而晕眩恐慌，而今晚，望着机舱外漆黑一片，心里亮晃晃的，并无半点不适。

这些年，她曾旁敲侧击地打听过他的消息，在一次次的黯然神伤后决定放弃。那些让她一次次陷入无边黑暗的情绪，那些连她自己都无颜面对的卑微与狼狈，此时是时候终结了。

落地，晨曦让熙允感到安心，手机开机以后，她回复了米亚四个字："他认错了。"走出机舱，想起值日那天那盆洒得校服湿漉漉的水，她又看了看手机里路杨拍摄的照片——自己戴着口罩拖着行李的侧影。熙允心头升起一抹久违的暖意，这照片难道不应该是背影吗？然后在心里轻轻跟自己说了句："没关系。"

　　路杨关于熙允的话语从别人那里传来的时候，没人看得出熙允握着手机的手是颤抖的，看在眼里，熙允心里就已经都懂了。或者，这些年，他又何尝不是在自己面前先心虚而伪装的人呢，他那些曾经同样不易察觉的试探、窥视、掩饰，甚至划清界限却长留于心的相处模式，终于在这一晚向她揭开了崭新的谜底。

　　要不是机场这场相遇，要不是从米亚那里传来的照片，要不是他在那一瞬打翻了手中的咖啡，恐怕熙允这一辈子都不会觉得自己能够配得上心爱之人的温柔。

　　接熙允的车早已等候在停车场，等她的人面带笑意眼含柔情地把鲜花和咖啡递给她的时候，她终于第一次有勇气回以对方一个期待已久的拥抱，也终于有底气握住对方伸过来的手，十指相扣。

　　此时阳光普照，滚滚热浪正消散她从世界另一端带来的寒凉，似乎从此以后，不管要去向什么地方，她都更敢勇往。

　　手机里一个红点提示有新的添加好友，点开是个久违的头像，浓密的睫毛很显眼。

路杨和熙允

断

念

1

初冬，晚高峰，雨夹雪。

胡向泉犹豫了五十米的距离，他缓缓地踩了刹车。

在外人看来，他开的不过是辆出租车，但于他，或者说实际上，这辆车的真实身份是胡向泉的不限行私家车。

他摇下车窗玻璃，仔细打量眼前这个男人——五十多岁，站在雨里，全身湿透，耳朵冻得通红，头发贴着头皮滴水，手紧紧地拽住手中的蛇皮口袋。前面的车都在和他短暂搭讪后扬长而去，只有胡向泉没有和他交流，却停了下来。胡向泉之所以停下来，是因为他想起了一个人。男人抬头看了看附近的几个摄像头，以一种似乎不太确定的神情看着停在眼前的车，这次他好像学乖了，没有先和停下来的司机说话，而是先上了车。他把蛇皮口袋放在后座，拍了拍身上的雨水，钻进车里。

"您到哪儿?"胡向泉打开车内空调。

"都行。"男人转头看了看后面的车辆和道路，然后从蛇皮口袋里拿出一个棕色公文包，又随便看了一眼手表：他从大厦出来已超过四十五分钟，终于顺利搭乘这辆尾号为 7 的出租车。"下班高峰

断
念

期，天冷路堵，雨也大，要是没确定去哪里，把您放在可躲雨的地方？"胡向泉看了看后视镜。男人不语，叠起蛇皮口袋，小心翼翼地将其卡在车门与座椅之间的空隙处。

"下雨，很多人等着接。"胡向泉赶紧补充，尽量让自己看起来像个出租车司机。

男人不搭话，脱下外套，试图朝车窗外拧水，雨被风裹着灌入车内。

"对不住，车都湿了。"男人歉意地看向胡向泉，也看向雨中拦车的行人。

"没事。"胡向泉说，"您看，乘客都拦不到车。"

男人像没有听见胡向泉的话，他又转头看了看后面的道路，那些拦车的人并没有和他们甩出距离。广播正报道拥堵得最严重的路段，他们正堵在这条最拥堵的晚高峰死亡路段上。

"您不说地址，是不是刚才说了地址都没人拉您啊？"胡向泉问。

"小伙子，你几点交班？"男人答非所问。

"啊，快了。"胡向泉看了看手表，"六点半了。"

后一句，是胡向泉的感叹，再过半小时，是他和他们约好的时间，广播里开始播半点新闻。

六点半的北京，已经恍然如夜。胡向泉看向男人，他的思绪难以平复，无数次想象过的场景，这一刻竟然这般呈现。他迅速识别出这是刚到北京的人，在这座城市，无住所，无亲故与工作。在这座城市忙碌拼命的人，他们大多连生计都顾不过来。下班后都有自己第一时间要去的地方，至少，他们知道如何避雨与打车。

"我跟你讲，上次说差一点儿，就差一点儿就成了。"男人说，

"后来，还是被逮住，这回我必须亲自来。"

"先生，没目的地，可就靠边了。"胡向泉情绪变得复杂起来，他已经猜得八九不离十。

男人不再说话，随意说了一个地址，胡向泉在走走停停中，看到表上的数字已经突破到三位数。

"不想搭我?"男人说，"也不想和我说话?"

"在热心市民的帮助下，近日，市刑警大队抓获了新世界投毒案头目付某和梁某，后续进展，我们会持续报道，请持续关……"胡向泉关掉车载收音机。

"没有。"胡向泉像听到男人说话似的回答，"您愿意讲，我当然愿意听。"

"我是说，你不想拉我?"男人解释。

"没有。"胡向泉回答。

"好，那就好。"男人说，"对了，你叫什么名字，小伙子?"

男人说着探头到前座，看了看立在车头的司机工作牌。胡向泉向车门处靠了靠，避让开男人探来的头。

"'胡向泉'，名字不错。"他从口袋里掏出个巴掌大的小本子，借着窗外照进来的微光，核对着什么，把胡向泉的名字写了一遍，又仔细看了车内工牌上写着的"胡向泉"三个字。"小胡啊，开出租好，凭劳动吃饭。"

"对。"胡向泉说完后沉默，今天他已经够累了，从早到晚，说了一天话。而那些话都是不得不说的，因为那些话是别人付了钱或将要付钱的，那是他这么多年，即便孤苦无依，即便艰难险阻，依然为之疯狂执着坚持而获得的职业——律师。

断念

133

"我，也是凭劳动吃饭。这天下的事，啥都是凭着个劳动，你说是吧？那叫花子也还得通过乞讨才得口热饭呢。"男人看胡向泉，"你别说，这年头叫花子可挣钱了。所以，你们年轻人有这样的观念是对的，也是好的。"

胡向泉从后视镜里看这个男人，这个在他的车上不知去向何处，或者说不想说出去向的男人，他和那些从那栋大楼里出来的其他人一样，可能狡猾，可能迂腐，但肯定都脆弱。胡向泉所指的脆弱是社会关系，他太了解脆弱的人了。很少有人会注意到他的工牌，也很少有人能成功搭上他的车。

在这个网约车时代，他很少或者几乎不搭路边乘客，有顺路的时候，他会从平台上随便搭一个，多数时候如果赶时间，也是不搭的。今天要不是下雨，要不是看到前面的司机都在和这个男人搭讪后离开了，要不是他仿佛看到了那个让他之所以成为此刻的自己的那个人，他也是不打算搭这个没有雨伞且带个大蛇皮口袋一直看向这大楼的人的。并不是他天生敌视来自这栋楼里的人，没有目的地的乘客，他是第一次遇到。出于职业的敏锐，他能识别出那个说出来的地址并不是目的地。

电话不间断地响了好几遍，胡向泉接了前面的三个便再没有接了。第一次是老夏打来的，问他到达的时间；第二次是一个再审当事人，判决结果已出，他对结果不满意；第三次是孟晓宇。

看到孟晓宇再打来，胡向泉迟疑了一下，手机界面的来电显示"中介小孟"。孟晓宇高中肄业后离家求生，低学历让他吃尽了苦头，处处碰壁。从租房中介到卖房中介，他在赚够稳定的生活费后开始做保安，目的是有更多的时间学习。

"没事，你接吧，不算违规。"后座上的男人说。

老夏再次打过来，胡向泉勉强挤出一丝笑，接起电话："正往你们方向去，堵着呢，急也没用，等着吧！"没等对方回答，他挂了电话。关于老夏的电话，他不会不接，却也怕接。

男人显然没有看出胡向泉的心事，小胡长小胡短地讲话，胡向泉的回答基本都在三个字范围内。电话又响起，胡向泉关了正在安抚雨天堵车情绪的交通广播，转过头认真地对男人说："我要接个重要电话，您先别出声。"

男人猛地转头看向后面的道路，连连点头，他脸上的神情也发生了变化，手不由自主地抓紧手中的小本子。

"主任，哎主任……没到家，啊，对……没呢，我，我想想哈……好的主任，最快也得一小时后吧。……好，好的。……哎，好，好的主任。"

"交班啊？"男人问。

"领导找。"胡向泉示意男人下车，"有急事。"

"好，那就把我放在一个你方便的地方。"男人说。

胡向泉驶过十字路口，在公交站牌附近靠边放下这个男人；从后视镜里看他，他两手空空地走在雨里，身上空空的，干瘪的西装在他身上有种说不出来的戏剧效果，他在雨中显得寂寥而荒诞。

胡向泉回到律所，主任正在接电话，语气和风细雨。这种时刻，通常暗藏风暴，他能感到头顶的乌云，雨不会下得比外面小，不见得有雷电。他不安地在门外等了三分钟后，主任结束了通话。

"胡律。"主任打开门，示意他进去，通常主任称呼他名字的后两个字。

断
念

"主任。"胡向泉走进主任办公室，顺势把手机调整为振动状态。这间办公室他很少进来，通常只有高级合伙人和得力刑事辩护、行政律师出入。这也是所里已经不成文的规矩了，谁进了这间办公室，他的前途就要发生实质性的转变，主要体现是收入。

"主任。"胡向泉站到椅子边，将坐未坐。这是他第一次完整看到这个办公室的陈设，简单得令他不敢相信自己的眼睛，这竟是全国为数不多的专门做行政纠纷的最牛律所之一的主任办公室。

"坐。"主任转身倒水，这个四十岁的男人，用的是会爆胆的保温瓶。

"主任，您找我。"胡向泉接过主任递过来的水，平时他是不会从主任手里接过水的。

"他们说，你整天开个出租车去开庭。"主任坐在胡向泉对面的沙发上，"以后，就别开了。"

"主任，没想到会给所里造成影响，就是为了图个方便。"胡向泉说。

"没事，以后不开就是了。"主任说。

"好的，主任。"胡向泉说，电话振动，屏幕上是老夏的名字。胡向泉没有理会。

"你——是通过我面试进来的，对吧？这是你来的时候给所里交的八万元钱调档费，你看，我连封都没有拆开过，这个你收好。"主任从左边抽屉里拿出一个信封，"现在大家都不用交了。"

"主任，我是不是……"胡向泉的手机再次振动，是一个已经错过诉讼时效的当事人。

"没有，别多想，以后别开就对了。"主任把桌上的车钥匙移到胡向泉的面前，"今天，就开我那辆车吧。"

胡向泉站起来，但是他不明白发生了什么事，但他知道，是大事。

"去忙吧！"主任也站起来，把自己的车钥匙递到了胡向泉手中。胡向泉没有接过车钥匙。

主任二话不说，抓起胡向泉的车钥匙，把他从办公室里半推出来，硬塞给他自己的车钥匙作为交换，随手关了门，自然而然地走了出去。后来的事情，使胡向泉开始陷入混乱，但是一切看起来又好像没有什么变化。

主任下楼开走了他的出租车，给他发来信息："今天请开我的车，听我的。"

胡向泉只感觉手里的车钥匙和信封沉沉的。

胡向泉没有开过好车，但是和开出租车相比，后者让他更有安全感。

后视镜所能看到的位置和区域都不一样，他想起刚刚搭载的人，那个通过后视镜让他停下车来的人，那个下车后寂寥又荒诞的人是两手空空走在路上的，还回头向他招手。他想起被主任开走的出租车，这加剧了他的不安。但他没有问，直觉告诉他，有事。这种时刻，话越少越好。

2

胡向泉开着莫名其妙到手的车，行驶在深冬般夜晚的北京城，雨夹着雪粒儿落在前车玻璃上。他慢慢高兴起来，任何时候，只要

断
念

137

回到这里，都会无限欣喜。这是一家邻近超市的麦当劳，复习司法考试的那段日子，下班后他就是在这里一夜夜度过的，那时候他还住在十几人一间的上下铺床位房里。如果真要说他在这里获得了什么，那就是这群不可多得的朋友。

搬离后，他们互相约定每个季度至少聚一次，哪怕无非就是一起喝几瓶啤酒吃几个烤串和几张大葱卷饼，还有大蒜就饺子。这些，都使这一堆人又一头扎进这个坐满了房屋中介和正在做问卷调查的人的麦当劳。

三年前查完成绩的那天，胡向泉最想做的事，是买箱鞭炮去这家麦当劳放。如果换作他的老家，他真会这样做。当然，这不是他老家，他那巨响的鞭炮只是在他心里放。一个人吃了一个全家桶，他没告诉别人，等吃饱了，打扫了心里的鞭炮燃放后的现场，才逐个电话通知大家，他考试通过了。等大家来了，他们又一起吃鸡翅、喝可乐。那是他第一次吃全家桶，而且是独自一个人。

这三年多，大家都保持着分别时的约定，每月一到两次聚会，即便各自搬离蜗居生活，每次回到这里，他还是提前偷偷一个人吃全家桶。他永远记得那一天——那一天他吃了一个全家桶，仿佛真的是和家人一起吃的——瘫痪在床的父亲、精神恍惚的母亲、年迈单薄的奶奶和异地漂泊的妹妹。他吃下去的每一口，都到了他们的胃里，暖到他的身上，他喜欢这种感觉。

电话再次响起，胡向泉急急忙忙地接，说就到了，到桥下了。他能很清晰地听到听筒里传来的话："就说你是个骗子，桥下根本就没有你那破伪出租车。"

"真到了。"胡向泉走向老夏身后的林子和另外几个同伴。

"下次换个地方好了，大老爷们动不动就麦当劳是不是不太好？"老夏说。

"乐意。"大家你捶我一拳我拍你一掌地坐下来，整个站立式台座，几乎被他们承包。

"转正了？"胡向泉看老夏，"以后可以采访了？"

"没几天。"老夏说。

当年挤上下铺大杂居的难兄难弟，大部分都有了另一半，有的已经领证结婚，还有几个刚刚生了宝宝。每次他们聚在一起，都有很多事情要庆祝，就连胡向泉开个出租车也被大家庆祝了很久。聊到的话题，都是他们能带着粗话讨论的。

"向泉，给你说个喜事，刚才我已给大家说过了，你嫂子预产期是下个月初。"老夏有些为难，"所以……"

"祝贺，这次来晚就为这个，没忘记。"胡向泉说。事实上，他之前一直做的打算是借老夏的钱先缓两天，等到发工资，交完房租留下生活费，剩下的钱就全部还给他。但是即便这样，也要还好久。

当初所里要八万元钱调档费，他就是跟这帮酒肉朋友借的，他们总是称呼彼此为酒肉朋友，因为每次在一起，他们都是喝酒吃肉。说笑间免不了会谈到借钱还钱的事，他们甚至依靠着这个欠与被欠的关系维系着彼此牢固的友谊。

"我那个不着急，有生之年就行。"戴眼镜的高个子林子说。

"去你的，诅咒我们胡大律呢是吧。"老夏说。

胡向泉不太确定，要不要真的把主任刚给他的钱拿出来还给他们。钱他放在了车上，口袋里就是那扁扁的几张卡和少量的现金，连同被主任开走的那辆出租车，这些就是他全部家当。当初他们是

断
念

139

如何帮助自己渡过难关的，他一清二楚。

这里记录了他的很多成长与艰难。做实习律师的时候，基本工资还不够他的日常开销，但是他都挺过来了。成为正式律师以后，他的工资几乎都是用来还债和补贴家用。和个人债务相比，他更为家庭债务感到忧心，尽管这债务正在一点点地减少。

3

主任开着胡向泉的出租车，一路风驰电掣开到自家车库。而这短短的三十五分钟，竟漫长得似乎超过无数庭审时刻之和。他没有马上下车，而是闭上眼睛，头靠在椅背，然后深吸一口气，转头看向后座，继而缓缓地把头埋进方向盘。

良久，下车。他穿上大衣又脱下，用大衣裹住后座上的公文包抱在怀里，就像是抱着一个孩子——至少在保安孟晓宇看到的监控录像里是这样。他朝家的方向走去，接下来的三个月，主任都是这样出入，只是，之后他的的确确是抱着孩子，有时候他会在摄像头看得见的范围停下来逗孩子，等待缓缓走来的、年纪看起来稍微大一点儿的女人，那是他敬重的岳母。

钥匙小心翼翼地转动，灯没开，主任松了口气。开灯，他低头换鞋。正要把大衣放在鞋柜上的时候，他看到一双不常见的鞋——他们不在家里招待客人，家里也几乎没来过外人。

"妈，您也不提前说，雨这么大，让我和玉梅去接您。"他抬头看向客厅的沙发，不知所措地把大衣和公文包紧抱在手里，然后看向书房的门。书房的门是关闭的，他不确定能否立刻找到钥匙。

女人没有说话，脸色阴沉半晌，她开口："你们，都忙。"

"永辉，你来一下。"玉梅在卧室里叫刚刚回来的丈夫。

"妈，玉梅叫我，您先坐。"永辉顺势抱着大衣上楼，卧室的灯是关着的，他连玉梅的位置都无法判断。

"怎么了，玉梅?"永辉有些惊慌却故作镇定，玉梅憔悴地瘫在床边，像是狠狠哭过，又像是大病了一场。他不想把这和今天的事情联系在一起，也希望还没有到这一步。他常常会接到匿名的恐吓，多半是让他撤诉或不要接那些案件。关于玉梅，他珍视敬爱。

结婚十二年，他们是真的从来没有为件什么事情拌过一句嘴，似乎在他们的生活中从来不存在争议。他们过着人间的另一种生活，一种令保姆小兰无法理解却很向往的生活。小兰甚至希望，自己的父母能来看看，看看天下真的有不天天打架的夫妻。她当初之所以成绩那么优异依然选择不读书，最直接的因素是父母那没完没了的争吵。年少的她已经顾不得如何去奔一个美好的前程，只想要拼尽全力尽快远离他们。

她都想过，过一阵，把老家的父母接来这里住一阵，男女主人应该不会不同意，更何况，这个家更像是小兰的，这两个人只是暂时寄居于此。

吃饭由小兰决定，看电视由小兰决定，如果小兰实在不知道吃什么，玉梅和永辉会商量，日子就是这样过的，简单而温馨。

永辉无法理解，妻子每次见到岳母都像生了一场病，或许是知道她生病了岳母才来的。和玉梅确定交往，去家里吃饭，他就隐隐感到不同，但是说不上来是哪里有问题。但永辉不问，他不知道这些事情要怎么问起。当年甩掉众多追求者选了玉梅，就是因为玉梅

141

是那种看上去不胡搅蛮缠的人。他总觉得自己要成就一番事业的话，得有个理智的妻子。这一点很多人都羡慕他，因为玉梅不仅人长得漂亮，而且是个讲道理的嫂子。

讲道理，对于一个妻子太重要了，很多丈夫这一生都不可能拥有他这样的体验。玉梅从来没有查过他的岗，无论是外出见当事人、开庭、谈判，还是和朋友们在外面疯。

"永辉，扶我起来。"

"玉梅，你生病了？难怪妈突然就来……"

"别说，她还不知道。"玉梅很虚弱。外人都知道正是玉梅身体的原因，他们才一直没有要孩了。但这些是外人的看法，他们各自是怎么看的，好像从来都没有说清楚过，也没有问过对方，在一起十几年，竟然从来没有说过关于孩子的事。

"妈好像也有点儿不舒服，应该是旅途劳顿。"永辉扶起玉梅，他们十几年这样相敬如宾，别人说相敬如宾那都是场面上的话，永辉和玉梅各自清楚，他们的相敬如宾没有掺杂一滴水分。

那是真的相敬，也确实如宾。

4

和往常一样，胡向泉和大家说说笑笑到凌晨，结算总账然后每个人再 A 出来，谁先付的就会收下。

"我迟到，罚我。"胡向泉看了一眼老夏转过来的红包。

"好啊，罚就罚，钱你收起来，你挨个儿把大家送回去。"老夏的大小眼异常明显。

"东南西北的，我怎么送得起，今天都打车回家。"胡向泉心虚地看向主任的车。确实，这个时候早就没有公交了，而他们中的大部分人，都住在郊区，或者更远的六环外。

每次都是这样，聊着聊着，时间就这样很快过去了。对于已经供房供车养家糊口或者打算这么做的他们，节约每一次的消费很有必要。

"你别忘记哈，这一阵真的是手头紧，要不也不会向你开这个口。"老夏歉意地拍拍胡向泉的肩部。

"我知道。"胡向泉拍了拍老夏的肩膀，这一万块钱确实够他们做很多事情，起码能让孩子出生在一个相对好点儿的环境。

大家坚持让胡向泉送。因为他们打算，以后要减少聚会的次数，也减少人数。春节会回老家，有的人就不打算再回来了。

"你们看好了，我没开车，你们看这哪有我的车?"胡向泉今天不能送，其他任何时候都可以。确实没有他的出租车，大家开始搜他的钥匙，一大群人闹哄哄地在麦当劳门口嘻嘻哈哈。直到老夏从胡向泉的口袋里搜出钥匙按开了远处的跑车，笑声才停了下来。大家被吓到是以为胡向泉的车钥匙能开别人的车。胡向泉有些尴尬，这种感觉说不出来。但他清晰地感到，无论大家怎么看这辆用从他口袋里的钥匙打开的跑车，他们之间无所顾忌的情感，都应该画上休止符了。

"你小子已经开这样的车了，我和你嫂子还整天在家里想怎么向你开口说宝宝的事呢。"老夏的表情首先起了明显变化。

"他这车借的，"林子解围，"借的。"

"对，我跟主任借的。"胡向泉像个当场被抓住的小孩。

"你可以呀，老和我们吃麦当劳还借主任的跑车，存心的吧。"

"是要去见一个大客户，我给主任开车。"胡向泉紧急编了一个假话，"明天。"

"对，下午他都给我说了。"林子说。

……

说了很多话，但是胡向泉都不记得了，他只记得，大家都走了以后，他又吃了一个全家桶。他感觉自己快要被撑吐了，虽然林子给他解了围，但是林子是最先自己打车走的，一句话都没再和他说。车会让朋友之间的情感变得异常脆弱，仿佛公园里一串串飞出来的大泡泡，一碰即破，有的碰都没碰，自己就破了。

他不知道这一次，自己在吃什么，吃到了谁的胃里。尽管吃了那么多，他还是觉得整个身体空落落的，就像父亲没能阻止花椒树林被清表的那个大雨天。

5

玉梅和永辉从楼上下来，客厅里的主灯不知道什么时候被岳母关掉，幽幽地亮着两盏浅浅的白灯，这让永辉感到心情放松了许多。

"妈，玉梅有点儿不舒服，就不在家里做饭了，咱们出去吃吧。"永辉总是小心翼翼地对待岳母，全世界他只和岳母这样说话。和自己的母亲，他则是个彻头彻尾的孩子，他甚至曾经因为一件找上门来的不可能做的案子当着母亲的面摔门而出。胡向泉听到的，主任和风细雨不到三分钟的电话，就是他打给岳母的。

当时岳母告诉永辉已经在楼下，让他开门。永辉怎么也没有想到，这个关键时刻，岳母来了，很多事情他来不及给胡向泉说清，能在最短的时间内做到的，就是把胡向泉的调档费还给他，迅速地把车换过来。他不能开着自己的车，或者说让自己的车与那一蛇皮口袋里的材料有直接的关系。当事人反复交代的，多数他不会在意，但有些，在还没有准备或者是没有把握之前，他都会小心翼翼。

事情来得太突然，一点儿预兆都没有，就像昨天家里的保姆小兰突然不辞而别，这是他早上才从玉梅那里知道的。小兰是发信息告诉玉梅的，她说的话很简单，大概就是谢谢他们的照顾，以后不会再回来了，对不起之类。

玉梅不慌不忙地准备上班，并没有为小兰的离开感到不适，她常常感到身体不适，有时候是头晕，不知道是低血糖还是车祸的后遗症。永辉给玉梅说觉得有点儿可惜，小兰是他们这些年用得最顺手的孩子——礼貌、勤快、大方、得体，人也长得好看。有时候，永辉甚至觉得小兰就像他和玉梅的孩子，总是处处都流露出一些只有他们才有的习性。一家人在一起看电视、吃饭、逛街、聊天，甚至拜访客人。他们知道小兰是会走的，但没有想到，走得这么早。情感上，他们确实已经把她当作一家人。

"小兰这孩子是不是谈恋爱了，走得这么突然？"永辉问玉梅。

"总是要走的。"玉梅淡淡地往脸上扑水。

下班之前永辉还在想，没有了小兰的家，他和玉梅会不会更相敬如宾。岳母的到来算是一件好事，永辉很愿意岳母常到他家看看他们，只是这些年，除非盛情邀请，否则岳母不会来。而且每次都是玉梅和他亲自去接，还要好说歹说才能成行。

三个人走进车库，永辉转头对玉梅说："开你车吧，我忘带车钥匙了。"

"我也忘了。"玉梅轻轻地说。

"放在哪里，我去取。"永辉的声音小得连自己都不太确定，他怕玉梅发现，自己开回来的是一辆出租车。

"步行去吧，开什么车，你们就该锻炼锻炼，再这样看着风都能刮走了。小区对面路边那家菜馆的汤就不错。"岳母的声音平平稳稳的，盖过永辉和玉梅。

"雨停了吧。"永辉说。

"人也应该淋点雨，哪能脚不沾泥头不淋雨就过日子的？"岳母说，她的目光落在玉梅的羽绒服上。

永辉看的则是保安室和监控器的方向。

保安室里，孟晓宇一边背单词，一边看监视器，直到看着这三个人从车库消失。不出一刻钟时间，孟晓宇又在监视器里看这三个人经过车库，他认出抱大衣的男人。虽然被保安公司派遣到这个小区工作不到两个星期，但他差不多把小区里居住的人都记了一遍。不过他认出永辉，是最近在一个社交媒体上疯传的视频里，永辉作为拆迁户的代理律师，将被告方某省人民政府代理律师吊打的视频，那是一个行刑交叉的案件，少有的当庭宣判，胜诉。

如果说孟晓宇和别人有什么不同，那就是他的记忆力特别好。单词他记得很快，拼写和中文意思都铭记于心，但是他并不会读。而在默写那些单词的时候，其实他的心里在想别的事。他也有做律师的朋友，他每天都在刷他微信的朋友圈。尽管他们并不说话，但是在他看来他们是从来没有停止交流的。

那个"律师朋友"就是胡向泉。

6

胡向泉只记得，在男人上他的车之前，他一直在雨里兜圈，不知道要去哪里。要不是男人上了他的车后，主任打电话来，他还不太知道怎么和老夏说，怎么解释到现在还没有弄到还给他的钱。

然而事情转折得太快，还无法获取真正和他有关的一切，当初主任说要留在所里需要八万元调档费，少一分都不行。如今又把钱都退还给他，也许这不是一件奇怪的事，毕竟，他已经开始独立代理案子，在当事人和法官口中，他不仅仅是一个可靠的小伙子，而且是一个非常专业的职业律师。

拥有个美好前程是胡向泉一直以来的追求，但这一次看到老夏他们离开的身影，他陷入了迷茫。来北京这些年，他未曾如此迷茫过。在以前，开始有点找不到方向感的时候，哥儿几个吃吃鸡翅、撸撸串、喝喝酒就过去了，第二天总能满血复活。

而这次，这跑车钥匙，把他推向未知。他知道，离老夏他们，越来越远了，那是用语言解释不清楚的，只有目光交接的时候，各种信息才传递准确。这些年他一路风雨，不怕费脑费力的各种案子，但是此刻，朋友的误解使他力不从心，越描越黑了，在重要的人心里的位置，越解释，越低下。

胡向泉从十二岁便独自扛下家庭的所有。父亲被打断腿关在小黑屋里五个月，是爬着回到家里来的，他以为自己天不怕地不怕，但最终还是在那个协议书上签下了自己的名字。父亲是村里唯一的

断念

147

初中生，能识文断字。有外出打工的，来回的信件都找他写。赶集天会从镇上带回来报纸，报纸上的政策都是好的，所以他不相信，八亩花椒树连同土地总价补偿不到一万块。但最终他还是签字了，因为对方用胡向泉的生死与前程吓唬他。

"你是不怕，你问过你儿子没有，他是不是也不怕?!"胡向泉的母亲接受不了现实，四处哭诉无门，变得精神失常，常常吃树叶。

从那时起，胡向泉便开始照顾父母和妹妹，放学后和年迈的奶奶去采草药卖。在学校里，同学嘲笑和欺负他们兄妹，他是能够承受一切的，但是他不能让妹妹也承受。他熬最深的夜，学最好的习，一路凭着奖学金熬到大学毕业。

同情、嘲笑与欺凌是他和妹妹一路经历的，很多次，若不是父亲带回来的那些报纸，他甚至都觉得自己会成为一个少年犯。但他没有，妹妹和奶奶，是支撑他向着光明的力量。父母，他希望他们能过得更好。现在，他已经在规划，如果可以，把他们带到北京来治疗。他甚至去最好的医院挂号，问关于父母病情的治疗，但高昂的医疗费令他顿时望而却步。

夜已经很深，胡向泉开着主任的车，在三环上绕，他不想回去，准确地说，不想开这辆跑车回去。自开车以后，他就不喝酒，从职业资格证拿到手以后，他就更少喝醉酒了，今天他憋着一股想醉的心。所有人都走了，他拿出那八万元钱，是真的在车上完完整整数了一遍。多出四张，他怕数错，又重新数了一遍，再次确认，确实是多出来四张。

放好钱，他把车开回律所楼下，心里想着这曾经是自己一张张数过的。不仅他，老夏他们一伙都数过，现在让老夏他们来认，怕每个人都还认得出来哪一沓钱是来自谁手。当初向老夏借钱的时候，老夏正在处第一个女朋友，这是他们共同攒的钱，计划换个好点儿的出租房，钱就被老夏借给了胡向泉。不久后，因为这笔钱老夏恢复单身。但是老夏从来没有说过单身理由，他不想给胡向泉太大的压力。一晃一年过去了，老夏有了新的伴侣，老夏不提，胡向泉也没说过，他还有好多急着去还的债。

胡向泉欠孟晓宇的三千元，孟晓宇似乎忘记了，因为他从来没有开口提过，但胡向泉这一辈子都不会忘，他给孟晓宇打电话，没想到真的能打通。

"晓宇。"胡向泉试探地叫出这个名字，他并不确定这个名字的正确写法。

"泉哥，这么晚了您有事？"孟晓宇称呼他通讯录里很多人为哥，带名字后一个字。

现在，他也像当时一样，电话拨过去，连问候都免了。

"睡了吗？"胡向泉问得很小声。

"嘿，泉哥，幸亏您是现在来电话，早来点儿我都帮不了您，白天刚结的工资。"孟晓宇甚至有些兴奋，在他看来，能向人开口的所谓有事，只有借钱。而且，胡向泉之前也确实这样做过。

"不是，晓宇……"胡向泉难以启齿，"这次，不借钱，只是想和你聊聊。"

"好啊，那我找您，或者您要是方便来我们小区也可以，再过半小时我换班。今天还想给您打电话呢，我在小区看到您的车牌号还兴奋半天，一看是个男人抱着个孩子出来。我还仔细看是不是您呢，以为好久不见您把事都办齐了呢。您那车是给人收了，对吧？"

断
念

　　胡向泉听着孟晓宇滔滔不绝的话，这个二十刚出头的小孩，没心没肺的，高二辍学来北京，在地产公司当中介，辛辛苦苦挣的钱，除了寄给家里就存起来，那三千元就是他一年前存得最多的一笔。

　　当初胡向泉开口，孟晓宇毫不犹豫地就借给了他。那时胡向泉只是打开通讯录打了个电话，这个没存姓名的孩子，就是刚刚把房子租给他没几天的小中介。但是胡向泉已经忘记是谁，那一阵来来回回和很多人打过很多电话，不记得谁是谁了。那时候孟晓宇接了电话开口就叫他泉哥，他也就开口借钱。他没有抱太大希望，好像既然有稻草，也就随便抓一抓。

　　"泉哥，我就三千二百元，您要着急，现在就去取款机给您转三千元，我留二百元，账号您发来。"

　　"兄弟，谢谢了。"胡向泉就真把账号发了过去，他甚至还不知道他的全名，既然叫泉哥，那称一声兄弟总是没错的。

　　不到十五分钟，胡向泉手机提醒，到账三千元。胡向泉又打电话回去，要了孟晓宇的银行卡号，然后他又把钱转给了孟晓宇，他的理由蹩脚却有用，需要现金当面写欠条。这个理由不算太牵强，孟晓宇如实办了。对胡向泉来说，他不过想认认这张脸。

　　想到这些，胡向泉有些动容，这个不敢把银行卡绑定任何支付软件的人，轻而易举就把几乎所有钱给了个只有一面之缘的人。这样的事，在这个城市，看似不可能却已然发生。

　　没户口，没关系，没高学历，胡向泉是靠着自己的顽强毅力和那东拼西凑借来的八万元钱留在这座城市的，从事自己心心念念的职业。

　　是不是能出人头地，胡向泉没有想过，他在做的是他这一生愿意为之努力的工作。至于开跑车，他从来没有奢望过，那不是他的理想，老夏他们有理由因此而气愤，而这荒唐的事情发生得好像也合情合理。毕竟，他已经是一名律师了，可是谁知道他整整一年的实习时间里，靠着微薄的补助是怎么过来的。他怎样过无所谓，但是他得在家人面前表演成一个首都社会精英。

孟晓宇和胡向泉，在各自的生活里举步维艰，却一心向阳。和胡向泉不同的是，孟晓宇没有负担，同时也没有依靠，哪怕是精神上的。所以当他的朋友圈内突然出现一个只有电视上才能看到的那种正义之人，而且还曾开口向他借过钱时，他便觉得，必须成为一个更有用、更强的人，才能和那个风尘仆仆奔向各个庄严法院的人做朋友。

7

吃完饭回到家里，永辉把热水双手递到岳母面前的茶几上，也给玉梅倒了一杯。玉梅端起杯子，也许是吃过饭并喝了推荐的汤，气色看上去好了许多。岳母依然坐在正对着电视机的位置，那是玉梅的特定位置。小兰没有走的时候，她坐在玉梅的左手边，永辉则坐在玉梅的右手边。倒了水，永辉不自然地坐到玉梅的左手边，这个座位，让玉梅和永辉都极为不自在。岳母目不转睛地盯着电视，她好像常年生活在这个家里，对一切都了如指掌的样子，她随手拿起遥控器打算换台。

这是小兰一直看的娱乐频道，一般，或者说是从来，永辉和玉梅是不调电视的，电视里似乎从来没有他们要的任何资讯。但是他们会坐到一起，至少晚上九点到十点这段时间是。而多数时候，永辉手里都是一沓厚厚的材料；而玉梅，则捧一本最新的原版国际医学杂志安静地看。小兰呢，则哭一阵笑一阵，有时还会捶胸顿足，引得夫妻二人相视一笑。

谁信呢，这家的男女主人陪保姆看电视，还赔笑。小兰不太明白，他们为什么不回自己书房里做各自认为重要的事情。她有时候想，如果他们是自己的父母会怎样。

"你们应该有个孩子。"永辉和玉梅没想到，岳母会突然这样说。这么多年过去了，从来没有人提起这件事，他们也就自然而然地这样生活到现在。他们的生活，可以说得上是真正的举案齐眉，并没有觉得缺少什么。

"妈，我们想……"永辉不太知道后面要说什么，该说什么，但是好像说什么都不合适，又不能不做任何回应。玉梅可以不回答，这是玉梅和岳母的冷战，他甚至没有听到玉梅叫过妈。只有夫妻二人一起对话的时候，提到岳母时，她才会以妈称呼。

"你们不用想，我已经给你们想好了。"岳母眼睛盯着电视，她看起来不像个岳母，倒像个恶婆婆在刁难自己的儿媳妇。玉梅轻轻地抿一口水，微微地看一眼永辉，她想看看永辉的反应，这是一件大事。在小兰没走的时候，小兰也明里暗里在他们面前说过一些相关的内容。她说你们都去上班的时候，一个人在家太无聊了，要是家里有个小宝宝会很有意思。这个时候，永辉和玉梅都假装在忙没理她。

"妈，您说。"永辉的目光和玉梅的目光撞到一起，他不知道玉梅的心思。有时候，他希望玉梅能够理解他，但是，大多数时候，他惧怕玉梅理解他。这一切的代价都会很大，这样安安生生的就已经很好。律所经营得有声有色，合伙人都很得力，年轻律师也都很出色，就连刚刚换了实习律师证不久的胡向泉都挑起了大梁。他觉得日子一直这样没有什么不好，千种人有千种活法，有没有孩子这个问题不是最重要的。

8

胡向泉的车直接开到了孟晓宇原来工作的房屋中介公司，他要亲自把钱还给孟晓宇，用现金，像当初他借给自己一样，是崭新且滚烫的。

——不，冰凉的，是孟晓宇自己原来的，从提款机里取出来就再没有动过。

孟晓宇给胡向泉发了新的地址，告诉他已经不做中介，做保安了。

"泉哥，我说什么来着，您肯定能了不起吧，没想到这么快。"孟晓宇站在小区门口覆盖着膜布的花坛边，他认出胡向泉开的车，正撵着薄薄的积水驶过来停在他面前。

"我老板的。"胡向泉说，"上车。"

"能到您手上也不错啊，起码现在属于您，老板一定很器重您。"孟晓宇特别开心，他就像和这辆车产生了什么奇特的联系。很多次，他看着这辆车在车库里进进出出，没想到，今天，可以坐到车里。

初冬北京刚下过雨的寒冷夜晚，胡向泉并不太清楚他要载着孟晓宇去哪里，孟晓宇也没有问。

后来胡向泉想起这一天，孟晓宇能上到这辆车上，那些看似巧合却恰恰是命运的安排。周围看似无关紧要的人、事、物，都其实已然冥冥注定般布下天罗地网。所以，即便二十几年过去了，他还在这张命运的网里，唯一不同的是，这一次，他可以挣脱那些看似与他环环相扣的艰辛。

"不在中介公司干了？"胡向泉问。

"忙不过来。每天都要和好多人说话，电话夜里三点也会响，不接还不行，有时候是客户打来的，有时候是老板安排的，单纯为了测试我有没有在认真工作，担心我们浪费资源。"孟晓宇的眼睛在观察车上的每个细节，"主要——是没时间学习。"

"也好，换个安静的，也有时间休息。"胡向泉并不了解孟晓宇。

"倒不是。——我半年前向公安机关提供了条悬赏线索，很快凶手便抓到了，给了我五万块钱。"孟晓宇难掩自豪，他们拐出小区，沿着主干道一直开出去。

"您要不来，下晚班也是打算给您去个电话的，想着这钱如果有需要您先用着，没想到您都开豪车了。"孟晓宇没有注意胡向泉脸上的变化，他像分析每一条线索一样，不放弃车上的每个细节。

"噢。"胡向泉像是自己发出来一声不明所以的感叹，作为对孟晓宇的回应。

"最近在研究几个悬赏，不出错的话，也可能……"孟晓宇抬头看到胡向泉脸色的变化，"有用。"

孟晓宇没有再说话，他也不了解胡向泉。

胡向泉没有把本来要还给孟晓宇的钱给他，最后带着孟晓宇去二十四小时营业的美食城吃了夜宵，又把他原路送了回去。他们告别的时候，看到一个戴斗篷的妇人从小区里走出来——那是永辉岳母。

9

永辉和玉梅一夜无眠，他们听到岳母从家里轻轻走出去的声音，两人都心照不宣，谁也没有说话。永辉并不担心，岳母体格健康，虽说上了年纪，但行走如风，思维清晰。他没有和玉梅交流，很多事情，尤其是在岳母的问题上，玉梅的看法看起来已经不能再有什么作用。

从高考前半年那个天寒地冻的假期，玉梅就接受了命运的安排，尽管她也抗争过，也和命运直面交锋过，但都无济于事。为赶去参加父母的同学聚会，他们全家驱车前往，有冰的道路，迎面而来的大货车，意外发生得如此突然，玉梅亲生母亲当场走了，父女二人被送往医院。

玉梅意识是清醒的，只是肋骨和额头有伤，她请陪护买了教材，常常在父亲 ICU 病房外一趴就是大半天。

回到病床上后，玉梅做试卷，复习英语、数理化和语文，为了不影响同病房的其他病人，熄灯后她用手电筒继续。

"别熬太晚。"查房的华医生定睛看玉梅，她柔柔弱弱，失母、忧父、伤痛。本就单薄的她，几乎撑不起病服。华医生是玉梅的主治医生，博士毕业十四年，已经是医院得力的外科医生，四十二岁的她，看起来并不像个与她年龄相符的人——年轻，充满着温情与无穷生命力，科室的男大夫们从来没把她和女博士联系在一起。一个即将失去父亲，可能失去学业的孩子，如果高考落榜的话，她将陷入什么样的境地？

"开学得模拟考。"玉梅头也没抬。

"那也得照顾好自己。"华医生说，"身体比模拟考重要得多。"

"谢谢您，护士姐姐。"玉梅正在演算一道数学题。

"小姑娘，华医生可不是护士，也不是姐姐，得叫阿姨。"陪同的男医生打趣，他深情地看向华医生。

"阿姨——"玉梅像是疑问，像是称呼，放下笔，起身。她站起来和华医生差不多一样高，她才注意到，这个被叫护士姐姐的人和其他护士的区别，她的的确确是医生。

"你几岁？"华医生问玉梅。

"十六。"玉梅补充，"明天十七。"

"我四十二。"

"阿姨。"玉梅对年龄没有概念，华医生告诉她四十二大概就是为了让她叫阿姨。

玉梅的父亲是在她十七岁生日那天离开的，她的世界再一次彻底坍塌。华医生将一切看在眼里，她平时看起来似乎很冷漠，而那些看似冷漠的神情下，藏着她的冷静。

作为一个急诊外科医生，她已经见过太多生离死别，意外或是人为，她早已了然。然而在医院含着泪吃蛋糕送别唯一亲人的孩子，她还没有见过。

后来，华医生成了玉梅的监护人。

永辉不知道这些，也没人向他说起。他只知道，在他和玉梅登记结婚时，户口簿上的户主是华芳。华医生是玉梅在这世界上的唯一合法监护人，而且在他认识玉梅以后，玉梅也称华医生为妈。

永辉和玉梅的相识是朋友介绍的，遇到永辉那年，玉梅和华医生当年一个年纪，也是四十二，是一个开始有人正式叫阿姨的年纪。和所有年轻女孩一样，她喜欢听到别人叫她姐姐。玉梅走了一条几乎和华医生一模一样的路——高考，上医科大学本硕博连读，然后和永辉结婚，这是一条被外人羡慕的道路。

玉梅说不清楚，自己上学的那些年算不算快乐，但是她常常回忆，想起工作前的所有事情，有时候做梦，她都还会回到那短暂的住院时光，尽管父亲已经离开。

10

告别孟晓宇，胡向泉的车开往医院。此时，已是凌晨两点半。

胡向泉想起第四个借给他钱的，是妇产医院当陪护的毛大姐，也是他在劳动仲裁中心遇到的第一个当事人。那时候她还是一家酒店的洗碗工，本来有安定的生活，可是冒出个因饭碗没洗干净，当即被客人闹得被开除了的事儿来。

胡向泉将车开到毛大姐所在的医院楼下，他欠毛大姐的钱早就还了，但是他想去看看，就像想起孟晓宇一样，可能是在主任的豪车上，让他想起那些特别艰难的日子，和那些艰难日子里和他有关联的人。

不料，胡向泉在医院第一个看到的，却是老夏的前女友。她一眼认出了胡向泉，回头疯狂地跑开，仿佛已经忘记自己是一个即将生产的母亲。可见，她确实不想胡向泉把自己的境况告诉老夏。胡

断
念

向泉并没有去追她，他还有更重要的事，他只是在心里犯嘀咕：不是说已经离开北京了？

胡向泉绕了一圈，找到毛大姐陪护的病房门口，华医生正站起来要走。他礼貌地打招呼，华医生微微颔首，她的嘴角是有表情的，但是胡向泉看不到。胡向泉只是觉得这个身影仿佛在哪里见过，他只以为她是妇产医院的医生，并不知道她还是主任的岳母。

"已经说好了，到时候我第一时间联系您，华医生。"毛大姐送华医生出门，"说预产期还差半个月。"

"好，让她好好休息。"华医生说，"也要适当运动。"

"您放心吧，都是按照您交代的作息和饮食。"毛大姐把华医生送到电梯口。

胡向泉没有跟着毛大姐去，他在病房门口等她，他看到了正躺在病床上故意侧身并遮挡住自己脸的老夏的前女友。胡向泉没等毛大姐回来，也没等电梯，他从楼梯跑下了楼。

华医生出了电梯，走出医院大楼，在住院部前面的停车场，她看到了永辉的车。华医生站在一个背光的角落，车是在她之后到达的，她以为是永辉和玉梅跟着来到了医院。她正要打电话给他们的时候，看到胡向泉上了永辉的车。华医生再次确认，这个开着女婿车的年轻人，身边并没有永辉或玉梅。

华医生按照来时的路回家，到小区门口，却在胡向泉和孟晓宇告别的时候，再次看到了永辉的车。孟晓宇进了小区门后，胡向泉就开走了。华医生看到开走的车，此刻她还不知道，他们之间存在的联系，牵强却紧密。

胡向泉之所以再次回到孟晓宇所在的小区，是想要请他帮一个忙，因为胡向泉隐约得知，老夏的前女友，即将在半个月后把新生婴儿给别人。至于是送、是卖或者是别的什么，胡向泉并不清楚。

11

华医生在天亮之前回到了永辉和玉梅的家，在吃过早饭以后离开。

出门前，永辉毫无征兆地拿出离婚协议。玉梅一字一句看了，在上面工工整整签了字，用的力道和速度跟在病历上签的毫无二致，对她来说，这并没有什么区别，如同给病人写了病历。这是她给自己写的病历。心理上，她是很感谢永辉的，这些年，起码让她生活得不麻烦，看起来也没有什么负担。永辉想要拥抱一下玉梅，以示告别，玉梅轻轻回避了，又转身拥抱了永辉。玉梅清楚永辉的用意，这样做，只是为了更有利于她的安全，生命健康意义上的那个安全。

协议书里的内容，比起永辉往日代理的案件，温和了千百倍，那也不是什么约定，没有什么反驳，也没有期待。无论这份协议写成什么样子，玉梅都会签。条件多苛刻她也会签，只要是力所能及的，她都会给永辉，她觉得永辉过得好，对她来说也很重要，永辉也是这样想的。

"玉梅，我们不是真的要分开，希望你能理解。"永辉解释。

"理解。"玉梅说。不管她是不是真的理解，他正拿着她签署的离婚协议书。

"我希望，我们还能和过去一样。"永辉对未来并不确定。

"会的。"玉梅竟有一丝心疼永辉，她理解不了永辉将这些财产和房产都过户到自己名下是出于什么用意，但是既然永辉这样想了，而且正在这样执行，必然有着该有的意义。

12

孟晓宇昨晚睡得不好，在他研究的几个悬赏里，有一个就差一步了。

大部分人看到的悬赏是通过官方渠道发布出来的，但是也有一些并没有直接对外发布，而是精准地对小范围的职业揭榜人发布，大多数以寻人启事的名义，但是他知道意味着什么。

他跟了很久的一个人，昨天来了北京，但是见过以后他决定放弃参与争取这个悬赏。他还没有更好的方案，参与的人数众多，他只是其中之一，还有比他更快的。

所以他和胡向泉吃完夜宵回到保安宿舍以后，他通宵做了帮助那人安全离开的方案，尤其是当他确定那个人还在晚高峰的时候上过胡向泉的出租车之后。

早班时，孟晓宇神情恍惚地一边一张张截监控视频的图，一边在废报纸上写英语单词。不做房产中介以后，他算得上称职的好保安。但是他的保安生涯很快就要结束了，因为两件事情对他来说是至关重要的——一个是爱情，一个是事业。

所有截图里，孟晓宇最留意的是孩子，如果大人做不到，孩子是延续这世界爱恨的唯一纽带。孟晓宇倒回去看了很多次胡向泉的出租车，从各个角度出入和停泊时的所有影像。

他开始把一些事情串起来，那些当时看起来很巧的事情，此刻孟晓宇都觉得合情合理。

他拍下监控里仅有他和小兰共同出现的画面。前一天他鼓起勇气跑去见了她，第二天小兰就离开了。

孟晓宇不会知道小兰的离开和到来都是被设计好的，他甚至猜测是不是因为自己主动走近她的原因。看着保安室里的监控画面，他的思绪被电视新闻声音拉回现实。

早间新闻里，记者老夏把话筒递到受访者胸前问道："华耀集团股票停牌，集团旗下多家公司被查，是您想要看到的结果吗？"

"当然不是，我们的诉求很简单，不是要谁倒闭谁下马谁日子过不下去，我们只是想要得到合法合理的补偿。"

"什么样的补偿是您满意的呢？"

"符合国家法律规定的。"

"您知道法律是怎么规定的吗？"

"知道一点儿。"

"如果这一次给的结果不满意，您会做什么？还会坚持下去吗？"

"你是说法律可能不会给我们公平的处理结果？"

"不是，我是说……"

"我相信法律，我相信国家，我相信国家法律。"

13

胡向泉看到大家在群里发新闻片段的视频，都在祝贺老夏的采访终于上了一回早间新闻，微信群里都是祝贺与调侃。胡向泉一句话都没有说，他认出了雨中拦车的被访者。这样沉默地看着群里的

断念

161

喜庆，他与他们正式形成一道鸿沟。胡向泉想起主任昨天的异常行为，事情确实曲折。

胡向泉这一天都坐立不安，正好孟晓宇约了他咨询点儿事，他踩着点就下班了。

孟晓宇先是骑电动车出门，他打听到小兰在妇幼保健院做护理，结果扑了个空。等待医院电梯的间隙，他回了条信息："不好意思，不能参与今天的庆祝了。"他虽然已经不在房产中介公司上班，但是凭着勤奋和踏实积攒下来的人脉，他一个月一口气卖出去了三套房子，随即，他收到了顺利通过了学历考试的消息。正好，可以和胡向泉一起庆祝。

永辉从办公室往外看，胡向泉环视四周后正把车钥匙放入工位抽屉。看到胡向泉离开办公室，永辉如释重负，他们这一天都在避免正面接触。胡向泉是有分寸的，主任不找他，他就不会主动去找麻烦。

永辉还不想回家，他还不想用现在的身份与玉梅相处。虽说是离婚了，现在二人暂时还住在一处。他想起小兰，如果这个时候小兰在的话，至少是可以缓解很多尴尬的。他一直以为，小兰的离开是他安排的，到妇幼保健院以陪护的身份盯儿童买卖黑色交易链。但是他不知道，到妇幼保健院后，小兰被安排去了另一个家庭做保姆。

永辉当然也还不知道，小兰的到来，是精心布置的。他哪里想得到，最终把他卷入这件事情里来的，是这样一个天真烂漫的小姑娘。小兰也是足智多谋，先是让人受伤住院认识了华医生，再从华医生处得到永辉的联系方式，才有了最近接二连三措手不及的种种。

162

玉梅父母的车祸是永辉家人导致的。玉梅不知道，男人拦胡向泉的出租车，只是为了把一个棚户区改造项目强拆的材料送到永辉手里。因为开发商阻挠，村民多次被不明身份的人扣押，这起涉及无数人的案件，材料通过这样的方式到永辉的手里，是一个病人临终的遗愿，华医生给了他们永辉律所的联系方式。

确实，除了他，没有人会接这个案子，会管这样的闲事。它涉及的时间之久、人物之多、范围之广，已经不是一个简单的案件，所以他做好了应该有的保护措施。顺理成章地，著名行政法律师莫永辉与肿瘤医院著名专家何玉梅离婚的消息在媒体上热了几天。

一周后，新闻上陆陆续续开始播放关于棚户区改造项目的报道，从副省长到省高院审判长，环保局、规划局、开发方等逐渐拔出萝卜带出泥。

那天，胡向泉之所以停下车，是因为他想起父亲，那个为了守住也以为能守住花椒树而在暴雨中守一夜的人。最终，在他病病恹恹入院后花椒树林还是被强行清表，一切照旧。那时候胡向泉十二岁。那场雨在他的心里埋下了不同的种子，这种子苗壮成长为今日在法庭上掷地有声的他。而父亲则不然，那场大雨在他心里形成了一条河，一条彻底淹没他的河。

胡向泉的父亲，这个一生梦想成为乡村民办教师的残疾人，通过早期的行乞和后期的拾荒来维持家庭生计。胡向泉上完大学后，用兼职供着妹妹的学费和生活，工作后，他正式和父亲交涉过，不要再行乞与拾荒。一直好强的父亲，终于在他六十岁生日时感到愧疚，当年不顾一切非要走的道路，或许真的是错误的，至少方式是错误的。有时候他又感到庆幸，也许正是他这种坚韧精神，要成事

断
念

的信念，才让儿子成为现在的样子。

但是他不知道，包括他在内的所有人，都以为胡向泉能从那烂透了的环境里爬出来、扛过去、挺过来可能依靠的是信念，而只有胡向泉自己知道，他依靠的是恐惧，这一点一直没有变，即便是今天。

胡向泉看看群，已经很久没人在里面说话了，他想把关于最近案件的一些喜悦分享给大家，发出去以后他又撤回了，界面上也不再有人说话。他拨打了孟晓宇的电话，一直处于无法接通中，后来就关机了，这样的状态持续了几周。

在主任办公室开重大案件会议的时候，一封署名"北平夏洛克"的邮件弹出，胡向泉打开邮件：

"泉哥，邮件是自动发送的，如果您能收到，可能我……我说的是可能，我至少有三十天失去自由或者已经失去生命了。这是网盘账户和密码，里面有一些您可能用得上的材料，把悬赏都变成银行卡上的数字吧。对了，第一次见您，我在中介公司上班，看房的时候，您在小区门口等我，以为我没到。您接电话，跟你爸爸说单位分了房子，让他把寄回去的钱安心买药给妈妈吃，还交代了不要让您妈妈再随便吃树叶子，所以那天我迟到了好久才带您看房。再告诉您个秘密，这几年给您偷偷介绍了些当事人，都是我挖来的……"

是什么长在你内心的土壤

窗帘封闭，几丝微光从缝隙里流入房间。太阳已落山，夏帆迷迷糊糊地从沙发上醒来。他额头汗津津的，心里发着慌，恍惚中竟不知身在何处。

他努力睁开眼睛，天花板和水晶吊灯让他逐渐恢复了意识——他独自一个人在家。

这种似曾相识又恍如隔世的感觉，夏帆有过不止一次，有的时候，醒来甚至还带着血。也有平常无血的日子，比如，很多年前那个即将高考的周末下午，他并没有睡过头，只是在闹钟响之前醒来，也是茫然四顾，才慢慢意识到身在何方。

现在，他差点儿不由自主地喊出"咔"，然而四周寂静，没有任何回音。他的目光没有具体落在某一物件上，客厅的钟"嗒嗒嗒"地走，窗帘上的流苏整齐下垂，他斜靠着沙发背坐起来，闭上眼睛，试图平静下来，身体颤如筛糠。

好像整个人都深陷在沙发里，夏帆眼睛睁不开，浑身乏力，伸手去抓杯子，空的，一滴水都没有。他用颤抖的手试图把杯子送回茶几，杯子摔在地上，没有坏，滚了几圈，停在另一个沙发脚处。

滴了眼药水，夏帆勉强爬进厨房，吃了个没来得及洗的西红柿，又嚼了两把生花生，慢慢缓过神来。他走进卫生间，在镜子里看到呼吸时起伏的胸口。心慌，乏力，盗汗，耳鸣，脱发，暴瘦。每回以为这次肯定能够挺过去的时候，却又毫无征兆地重新发作，这样循环往复到难以自持，他决定把真相说出来了。

步入书房，夏帆无意识地拿起美工刀，窗外的风卷着雪更猛烈地刮过，呼啦啦地响动，像有什么正轰鸣而来，玻璃也好像要跟着风声脱落。

夏帆的脑海里无数次闪现出天台、手表和嘀嗒声。他知道，状况严重了。手中旋转把玩的美工刀掉在地上，他终于肯拿起手机，拨通妻子丁淼的电话。此时她正和小区业主在南半球参加为期一个月的家庭夏令营。打扰妻子的旅程，夏帆有点儿自责——她为了这次旅程准备了很久。如果这次提前从片场回来，家里有人，他应该不会这样，但是现在只有他自己。

丁淼的旅程还没有结束，接到夏帆的电话后她就开始着手准备回国，由于没有直航，她不得不连夜转机，转机途中一刻没有停下来联系各种可能帮得上忙的人。从机场到家的路上，她几乎没有停止过打电话，终于在上楼前将一切按照她的计划安排妥当。

丁淼总算是在第三天清晨见到了夏帆，她放下行李，就连拖带拽说服夏帆跟着她出门。她已经连续两天是用湿巾洗脸了，即使忧虑掩盖着她的疲惫，但看上去依旧春风和煦。夏帆知道，她是强撑的。他是一个洞察一切喜怒哀乐并指导别人表演出来的优秀导演，这一点，他太清楚了。即便如此，为了让夏帆顺利上车，丁淼几乎用尽了她全身的力气。

一路上夏帆都没有睁开眼睛，直到下车，空气中带着煤烟味的雾霾吸入鼻腔，他们到了一个熟悉的环境。早些年，他们就是住这样的房子，在他的银行卡里还没有这么多位数的时候。他抬头，甚至有点儿怀念住在这样楼房里的日子了，至少那时候睡得好。

楼房是步梯，夏帆费力地跟在丁淼的后面，他已经很久没有爬过这样的楼梯了。墙面上铺满了一层又一层的开锁电话和寻租广告，感应灯是坏的，光从楼梯口狭窄的缝隙里透进来。他打开手机电筒，此情此景使夏帆突然有一种置身片场的恍惚，这样的情景和气氛，他熟悉。而他们此行的目的，与这样的场景烘托的气氛毫无关系。

门是丁淼敲的，很久才打开，一个男人半探出头，看着来客却没有开口。从面相上看不出具体年龄，丁淼只是很本能地脱口而出"您好"。她快速地划开手机，通过照片，确认眼前的人就是要找的人。

"您好，没想到李教授这么年轻。"丁淼优雅得体，带着夏帆走进李楠的房子。她把质疑隐藏在得体之下，忐忑又不失友好地送上带来的礼物——西南名贵药材。他们不像是来治疗的，倒像是看望久病的老友。

丁淼打量着李楠家简单的陈设，心中并不十分确定是否又是一次徒劳的拜访。李楠邀请客人入座后起身去烧了一壶水。在开始进入正题之前，趁李楠在厨房烧水，丁淼走进厨房给李楠看了一段手机里保存的视频，叮嘱李楠要保密。李楠看了丁淼手机里的视频，又看了看墙角的礼物，他没有正面做任何回答，而是告诉丁淼需要配合。于是他支开了丁淼，请她到附近的超市去买一条鲫鱼。

夏帆始终坐在沙发上，他扫视周围的环境，继而闭目养神，闭目是他在剧组等待换灯换景时常用的一个动作，他能从声音中快速识别出灯光是否已经达到了标准。在这里，他闭上眼睛，则是为了避免和李楠沟通。他见过不少医生，心想李楠并不见得就比别人行。

李楠背对着夏帆，他的目光正落在丁淼带来的礼物上。他心里想大概人总是这样，自己需要什么，总会也给别人带些什么。

送出去的礼物又被送回来不足为奇，但他想不到，这盒药材已经被送出去多次，最终竟然辗转到了夏帆家，还能原封不动地回来，真的是件稀奇事。两个月前他才过了三十五岁生日，这盒名贵药材是生日那天收到的礼物。

这一下，李楠几乎明白了，他的人际关系是一个闭环。他要处理好今天来的这一环，不然恐怕自己也会掉链子。然而此刻他身后的夏帆，已一周没刮胡子了，这是进门时给李楠的第一印象。他意识到，这样的人恐怕很难打发。

虽然双目紧闭，但是夏帆的思维是在运转的，他甚至能听到李楠的呼吸中带着局促与不安。李楠在外界的口碑如何，李楠自己不全知道，显然和夏帆的猜测截然不同。李楠甚至不清楚，或者说没有准备好，就突然成了高收入人群中的一员。几乎每一个到李楠家里来的人，都不知道李楠还有其他正式职业——互联网公司高级软件测试工程师。

李楠作为工程师在工作之余也有自己的兴趣爱好和困惑喜怒，自然也有享受或排解它们的方法。眼前这个只能在大银幕或电视里出现的大咖级别人物，上周还在参加国际影星的中国签约发布会，今天就走进自家的"咨询室"，和他相对而坐，这是他从未想到的。尤其是坐定后那句突如其来的话："那些做悲剧的年轻人，都活得很开心……我给很多人带去过欢乐……"夏帆把后半部分"为什么我却不可以"咽了回去。

李楠拿了玻璃杯，放在不锈钢小圆桶里，用开水烫了五分钟，给夏帆倒了杯热水。他甚至没有打算做一个倾听者，就像他的工作是高级测试工程师，工作内容之一便是分析问题所在并进行准确定位和验证，系统化管理 bug，并跟进 bug 使问题得以解决。工作做得很好，并不妨碍他堵不住生活中那些显而易见的漏洞。他把"咨询室"开在北五环，靠地铁口很近的一个旧楼里。事实上，这里连工作室都算不上，甚至没有注册。他也没有心理咨询师资格证，从严格意义上说，属于无照经营。

夏帆双手捧水杯，李楠尽力掩饰慌张——他毕竟不是一个真正的医生。为了能更平静地面对来客，他决定把那套有 77 道题的"问卷"拿出来。李楠把笔记本电脑移到夏帆面前，打开一个文档，夏帆的目光从电脑屏幕移到地面。

"有纸质的吗?"夏帆的目光空洞地看着地面，他习惯看纸质的剧本。

"直接在电脑上答就可以。"李楠正眼看了夏帆。

"用不惯电脑。"夏帆抬起头正视李楠，"对不起。"

夏帆的回答给了李楠很大的勇气，这是他没有料到的，这个如鱼得水的名人，大银幕上谈吐幽默，嬉笑怒骂，春风得意的影帝、制片人、导演，说自己用不惯电脑，无论通常由助理完成还是别的什么原因，李楠都能理解。如果不是确有其事，他为什么会走到自己的面前。

李楠起身，打印了问卷。如果这个家里还有什么算得上办公用品，那一定是这台旧打印机，这是个对他来说意义非凡的礼物。

"随便选一支，如实填写就行。"李楠递过一支铅笔和一支黑色签字笔。

"77 道，没有选择题吗？"夏帆翻看问卷。

"没有。"李楠回答。

"都要全写上，"夏帆再次翻看问卷，"是吗？"

"能答的答。"李楠把笔又递近了一点儿，"答完告诉我就可以。"

夏帆把两支笔一起接过来，低头看问卷，随后选了黑色签字笔，写了两个字以后换成铅笔。

李楠离开座位，走进厨房。

水槽放满了水。在哗哗啦啦的流水声中，李楠看向窗外，远处能看到城市地标，他经常在此处一站就是半天。外面是夏帆打碎杯子的声音，李楠仿佛没有听见，他有意屏蔽了外面的响声。他打开冰箱门，从冷冻层底部取出一包猪蹄和一条鱼。他要把猪蹄清理好，最好能炖上；黄花鱼要去掉鱼鳞腌上料酒；韭菜也要一根根择出来。

李楠打开燃气灶，开到猛火，把猪蹄放到火焰正上方。蓝色火焰接触猪皮后溅起橘黄和猩红的火苗，油滋滋地溅落在灶台上，烧猪皮特有的味道弥漫在厨房，渐渐蔓延到所有的房间。

夏帆徒手清理了地上的玻璃残渣，将其包裹在废弃纸板里。他无心答题，循着味儿到了厨房。窗户是关着的，抽油烟机没有打开，厨房的门打开的一瞬，夏帆恍然觉得是到了某个火灾场景的拍摄现场，烟火弥漫，味道呛人，猪皮与燃气火焰产生的难闻味道就像大火烧了整个养猪场。

"干什么呢？"夏帆的声调是高的，这是一种条件反射，是他生活中说得最多的话，就像在片场训斥那些失误的工作人员。他并没有意识到，此刻是在别人家。

"烧猪蹄。"李楠头也没回，他的目光落在四溅的油渍上，洁净的灶台已经被覆盖上了一层星星点点的油迹。

"知道在烧猪蹄，我是说，为什么这样烧？"夏帆越发像工作中的样子，"是打算把房子也一起点了吗？"

李楠脸上略带歉意地笑笑，内心其实没有这个意思。夏帆似乎忘记了自己到这里的原因。此刻，在李楠面前，他只是个病人。

"答完了吗？"李楠问。

"以为着火了。"夏帆透过烟雾看厨房清洁台上的韭菜、罗非鱼和葱姜蒜。

"答完找我。"李楠翻动着正在燃烧的猪蹄。

"问卷设置有问题。"夏帆用手在罗非鱼的肚子上压了压，能感觉到冰的温度。

"答完找我。"李楠把已经烧煳的一只猪蹄放进水池。

"第一道题'你现在在什么地方？'，第二道题'你为什么会在这里？'，完全可以并为一道；还有第三道题'上一次和谁一起吃的饭？'，第四道题'上一顿饭在什么地方吃的？'也可以并为一道。"夏帆抱怨。他思维清晰，语速极快，像极了项目讨论会上的决策人，把握全局，不容置疑。

"答完找我。"李楠拿起一只没有烧过的猪蹄，放在了火焰的正上方。

夏帆才意识到，李楠和他之前见过的"心理医生"不一样，可能这也是丁淼要来找他的原因。现在他不是来帮李楠解决问题的，而是找李楠解决自己的问题的，是一个连他自己都解决不了的大问题。他回到座位，开始仔细看问卷，但是问卷上的问题如果都如实

173

答出来，大部分会令他难堪。

握笔的手有些痛，他细看，是被玻璃碴划伤的浅浅伤口，没有出血，但是痛。

厨房里的烟雾继续弥漫，李楠的汗从额头上往脖子里淌。

立冬后，来找李楠的人比往常更多。他们是如何取得他的联系方式的，他无法确认。他问过，但没有得到确切的回答。他没有公开过任何联系方式或支付渠道，更没有官方宣传，倒像个卖狗皮膏药的。没有广告，没有助手，没有沙盘，连一张可为客人提供舒适催眠的航空椅都没有。他也从来没把自己定义为心理医生，他本来也不是干这一行的。一开始，他就只是玩，这个玩不是电视上采访时明星或企业家口中掩盖野心的玩，他是真的玩，之所以这么多人找来，大概也是久病成良医吧。

所以夏帆的出现，一开始在他看来，就像个真人秀节目。或者，是导演想在开机前体验生活。

烧完猪蹄，李楠开门往夏帆的方向看，看到夏帆托腮闭眼，他把头快速缩了回来。做饭，只是他掩饰慌张的一种方式。日常导致李楠慌张的因素很多，有一段时间主要是见到网络之外的人。而此刻，是见到名人，甚至是对自己的生活有过或多或少直接或间接影响的名人。

锅碗瓢盆碰撞的声音渐次从厨房里传出来，一不小心，米撒在地上，灶台下的角落也被米粒占满。李楠小心翼翼地拾起地上的米，一粒又一粒。数数是他缓解生活中某些重要情绪的生活方式，但这次，他不是故意的。他有自己的担忧，如果夏帆不是来体验生活找素材也不是来做节目的呢？如果真如别人来找他的原因，他真的可以为他做些什么而不被对方识破自己其实是个病人吗？

他不是担心"治"不好夏帆，明天这个地方就不存在了，也不怕自己的专业被质疑。他只是没想到，这种每天出现在海报上，从电梯海报、牛奶盒子、电视机里跳出来的人，会站在他面前，寻求他的帮助，准确地说，是寻求他的治疗。

以往，他就像招待远道而来的亲朋，无非给病人做一顿饭，如果真要说他有什么独门绝技"治"好那些病人，无非是他认认真真做饭招待他们，一言不发和他们吃饭。饭后如果愿意，简单聊天，不愉快也不火热，吃了饭就送走了他们。甚至没有给他们留任何作业（治疗方案或注意事项）。但是，每个从这里离开的人，都很满意。他们满意什么，他无从知晓。倒是来过的人，一个个像传销组织成员，或海星模式扩张后陆陆续续介绍来更多的"病人"。

凌晨接到丁淼的电话时，李楠不相信夏帆会来。他没当真，自然也没有准备。但是真的来了，他一片茫然。现在他还在回想夏帆进屋的细节，他只是简单地说："请进。""快请进！""快请坐！""快喝水！"——他是第一次拿出这份问卷递到来访者手里，不是因为需要，只是因为紧张，全然不知所措。

因为，以前陪家人看电影的时候，他曾希望自己也可以做一个像夏帆导演那样积极乐观、豁达、幽默、正能量、通透智慧的人——那些在他的电影中传递出来的价值观，也是让无数处于颓靡中的人重新振作起来的药引。

清理完地上的米粒，厨房里能听到冰箱运转的声音，李楠慢慢平静下来。他为不紧张稍微找到了一个蹩脚的突破口，即夏帆是来寻找素材的，他并不真正需要治疗，这样想他轻松了许多。

是什么长在你内心的土壤

　　夏帆也渐渐适应了问卷，答得也越来越顺畅。问卷上有一个问题是"请快速填写五分钟内你能想起的十字路口"，夏帆不知道设置这个问题的目的是什么，但是他确实第一时间有了答案。

　　十字路口，夏帆的第一反应并不是真实物理意义上的十字路口，而是他人生中那些重大时刻的选择。他想起的太多了，不用五分钟，五秒钟他就可以把那些日子过一遍。如果问卷上的问题真的指的是它们，那这个预留的空格再增加十倍也不够填写。他想起那天早晨，大雾蒙蒙，妻子开车，他坐在副驾位上，眼睛直直地看着前方。说是看，其实不过睁着眼睛，眼神游离。在一个孩子抢红灯过马路的路口，他突然笑起来，是畅快地开怀大笑。

　　看着这个只够填写不到十个字的空格处，夏帆想起他在大笑后笑容又很快消失，脸上若隐若现一些妻子没有见过的表情。那一刻，他们是不同频的，好像各自生活在一个看不见的透明大罩子里，却又彼此看得见。大部分她不在他旁边的时候，他都是这样的。他恍恍惚惚已经至少两年之久，可她都不知道，他从来不敢把那一面暴露在她面前。丁淼猛然刹车，她几乎被这一瞬震到了，不是因为差点儿撞到小孩，而是丈夫突然发笑又随即戛然而止。这完整的一幕，就发生在她看后视镜的一刹那。他是因什么发笑，怕问了他自己也很难回答上来。丁淼什么都没有说，空气中潜伏着夏帆幡然醒悟的尴尬，以及丁淼洞穿一切的担忧。而这些，已然表明彼此想要掩饰真实的内心。

　　五分钟过去了，夏帆只填写了李楠家附近这个十字路口的名字。他的心里，再次闪现出更多和问卷无关的答案。那些正在他脑海中穿梭而过的十字路口，如果用他所熟悉的电影语言，叫作"蒙太奇"。

由于没有北京户口，丁淼送孩子上的是最贵的国际私立学校。由于离家远和忙碌，夏帆几乎没有送过孩子上学，孩子的钢琴十级和奥数一等奖似乎是天生的，他什么都没有参与过。家长会上他打盹儿，会后却睡不着。自责与羞愧形成一双隐形而巨大的手，慢慢靠近他命运的喉咙。而孩子，那么小的手竟然已经在他的未知未觉中会弹海顿的 C 大调奏鸣曲第一乐章了。他在十字路口的那个笑是因为他想起了儿子，想起一个电影里如果出现小孩因为什么过马路，这个镜头会很令人捧腹。他只是把自己当成了一个影院里忍俊不禁的观众。

社交媒体上聚集的大量粉丝，突破收视率的电视剧和综艺节目，刷新上座率的电影，使他被后辈们奉若大师和导师，商业广告蜂拥而至——这样一个在公众视野里口吐莲花、妙语连珠、装傻卖萌、幽默风趣又不失优雅的名人，却不了解孩子的境况且在家长会上眯瞪。而这些只是外人看到的关于他的百分之一。但是他知道，所有人对他的了解，包括丁淼看到或感知到的，只是他的外壳。即便丁淼是他最亲最爱、给予他无限支持和陪伴的人。

见到李楠以后，他莫名地卸掉很多防备，尤其是在丁淼被支开去买菜以后。

买了李楠交代的鱼，丁淼又在超市转了一圈，而这过程中，她的所有心思并不在买菜上。她和李楠是第一次见面，除了凌晨短暂的预约通话，他们并没有任何的交集。可是他为什么这么随便就叫一个人为他买菜呢。而她又不得不照做，不然怎样呢，拒绝吗？她甚至走神到忘记了到超市的目的，直到有广播播报当天的促销产品消息，她才走向出口。医生会和夏帆聊什么，她想知道，但是她并不急于知道。在丁淼面前，夏帆始终觉得自己是个要挑大梁的丈夫，若不是真的到了艰难时刻，他是不会打电话的，即便到了现在，她也不认为夏帆马上就能当着她的面向医生袒露一切。

时间是宝贵的，她也不想医生真的为他们做饭，关于吃什么，在哪里吃，拿了主意，毕竟医生和病人要忙于治疗。丁淼在超市附近餐厅点了饭菜，她不想在别人家做饭，也不想带着他们到外面吃。她已经有些日子没有做过饭了，孩子在学校，她和夏帆各自忙着各种事务和项目。

但是当丁淼重新回到李楠家的时候，是另一番景象，烟熏火燎的封闭空间里，两个男人正在厨房各司其职，李楠搅拌鸡蛋，夏帆正在一根根地择带着泥土的韭菜。

李楠把丁淼带回来的无论生的熟的食物，都放进了冰箱。这个时候，他才注意到，之前从冰箱里取出来的，并不是黄花鱼而是罗非鱼。

罗非鱼被李楠重新放回冰箱，黄花鱼被拿出解冻。

丁淼再一次被安排出去买一瓶葡萄籽油。这一次李楠交代了具体的超市、需要购买的品牌和数量。她带回来的饭菜，就这样放在客厅的茶几上。夏帆回答过的问卷就在旁边，她想要伸手去拿，却不敢看上面的答案，所以又再次出了门。

丁淼不明所以，敢怒不敢言，她想高人或许都有常人难以理解的行为和逻辑吧。她原本可以拒绝再次去超市的，但是她没有。

丁淼再次从超市回到李楠家的时候，已经将近十二点。进屋的一瞬间，她被房间里的另一种味道震撼住了，仿佛刚才离开的那个场所和现在回来的地方不是同一处。

浓浓的米饭香味儿、菜香味儿，奇迹般地沁人心脾。这顿饭夏帆吃得很自在，吃完以后就躺在沙发上睡着了。他是怀着什么心情睡去的无人知晓，但是他是无意中睡着的。确实他已经很久没有这样踏实过了。后来他想，可能是因为第一次切那种长条细葱丝吧。所以，这个硬邦邦的沙发也成了他见到的所有沙发中最舒适的。

　　丁淼不知道自己带回来的饭菜去了哪里，既没有吃，也不在目光所及的范围，她没有问。夏帆睡着以后，她试图帮李楠收拾碗筷和打扫卫生都被拒绝，房间里没有再发出除厨房里声响之外的任何声音。丁淼坐在夏帆的身边，他们好像并没有多少这样的午后，像一幕电影，寂静而遥远。

　　已是下午三点，李楠看看时间，他能留给客人的时间最多还有两小时。五点以后，他就要出发去另一个城市，看望一个真正久病不起的人。

　　李楠一度认为，所谓抑郁症，不过是有的人没钱没爱没性生活的正常低落情绪。可见了很多重度抑郁症患者以后，反而那种什么都拥有却总陷入低落情绪无法自拔的，比比皆是。而通过自己真正能够走出来的，寥寥无几。

　　如果不是积累素材，是真的需要被治疗，那么像夏帆这样有身份地位和财富的人，尚且如此，穷人的抑郁症会被外界或自己描述为怎样的自暴自弃？他要去见的这个病人，准确地说，是他的网友。他们联系已经半年有余，对方联系上他的第一句是："我给你说的话，你保证不能告诉别人。"

　　李楠当时的回复是："那你别说了。"对方就把他删了，他也没有再问。再次加上李楠后他发过来的是文字："如果你要告诉别人，

179

别说我的名字。"李楠没有回复。接下来就是断断续续的文字过来，凌晨三点的时候还发来一个红包，李楠要是知道那红包里面只有六块六，他说什么也会第一时间领的——对方确实是太穷了。

两小时很快过去，丁淼好奇为什么李楠没有把丈夫叫醒。他依旧在厨房里忙活，清理好的多余猪蹄被放回冰箱。丁淼终于伸手去动那份夏帆饭前没有答完的问卷，她的手轻轻地抚在他的背上，用一种几乎感觉不到的力度和频率，在他的背心上起落。他卡在一个平时觉得很简单的问题上："你童年最好的朋友现在是什么职业？"第一反应他回答了不知道，他们已经很久很久没有联系过了，他确实不知道他是什么职业。但是这个问题令他沉浸在无限快乐的回忆中，这些遥远的记忆就像一双温暖的手，在轻轻抚摸他的背。这是他们小时候经常玩的游戏，那时候武侠剧盛行，电视里高手大侠受伤后总是这样输送真气和疗伤，那是一双柔软又充满温暖和力量的小手，他确实被治疗过。

夏帆是在豆浆机的声响中醒来的，不是惊醒，也不是困意残留的醒，这样的醒来令他感到舒爽。他醒来以后好像忘记了什么时候来的这个地方，他看着周围的一切，很快适应过来，他已经很久很久没睡过这样好的觉了。

喝了一杯醇香的原味豆浆，夏帆心里原本对生活已经枯竭的河，淌起了涓涓细流。但是这一切，很快被打回原形，外面天已经完全黑下来，夏帆拿出机票和事先收拾好的行李，以证实自己确实有一场远行。

他不得不离开李楠家，出门之前，李楠收到夏帆的咨询费到账提示。李楠震惊于这个数字，但他不知道，客人支付给介绍人的酬

180

劳是给他的咨询费的数倍。

没错，丁淼就是这样支付给介绍人的，数倍。这种私人订制的收费，夏帆说清楚了收费时间两小时，也就是夏帆吃饭前的做问卷的时间，丁淼打到他卡上的是五万元。这是他唯一知道的，其他的都是用现金给介绍人，但是没有一个客人在乎别人的营销模式。

总之，这两小时对他们中的任何人来说，都是短暂而特别的。

但是事实上，在夏帆看来，这是一天，但是这一天又短得确实很像只有那两小时，别的时候，从开始吃饭以后，所有的事情好像都发生了实质性的改变。他什么都没有问，有丁淼在，他什么都不用开口，她把他工作之外的一切都安排得妥妥当当。

但是李楠看到夏帆，他就像看到了曾经克制过的自己，那是他在顶级幽默与放肆大笑之外的时刻会有的一种状态，也是他可能会跟着丁淼走进李楠住处的原因。

在回家的路上，丁淼没有多问，她知道这不是感冒发烧，看了医生吃了药打了针输了液就会看得见降温与好转。她看着闭目躺在后座上的夏帆，上车的时候，他先是上了副驾驶，又从副驾驶上下来，绕到后座上去的时候，就是为了能够和丁淼保持距离，他生出一种担心丁淼也如他一样洞察一切的恐惧。丁淼假装认真开车，她知道他并没有睡着。在李楠家的这个下午，已经是这两年以来夏帆睡得最好的一觉了，此时此刻，他并不缺睡眠。

夏帆再回想，这一天到底发生了什么。就像他拍摄了一天的素材，在脑中复盘查漏补缺。他第二次走进厨房，是为了告诉李楠，应该借助工具，而李楠就只在他的眼皮底下徒手烧了四个猪蹄。

"不烫吗？至少应该用根筷子。"他恨不得亲自动手，很多时候，他都这样工作。

"不烫。"李楠转过头去看了他一眼，目光又回到正一点一点被烧得焦黑的猪皮上。

"怎么会不烫？"他伸手去拿猪蹄，像李楠就是他的工作人员，他要证实李楠是错的。

"试试。"李楠松开手，退到水池边，然后用厨房纸擦掉手上的油渍。

夏帆左手打开了抽油烟机，右手握着猪蹄，由于他把位置拉得更远，火光弱了一些，但依然旺盛地冒着火苗，蓝色和黄色的火焰在猪皮上留下黑色的烧焦的痕迹。浓烟在燃气灶上冒出，此刻他感到快要窒息。这个味道太难闻了，甚至超过了剧组会用到的浓烟。他借助菜刀推开了厨房的窗户，有雪随风灌入窗户，他打了一个寒战，不由得深吸一口气。

或许是有风的稀释，夏帆竟感到猪皮的味道好像没有那么难闻了。寒风呼啸，抽油烟机旋转，猪蹄滋滋冒烟，水龙头哗哗作响，夏帆的肩膀不由自主地缓缓放松，下垂。他无端觉得此刻的空气莫名清甜，脑海里漫过一些草原或者海洋的画面。

车堵在路上，丁淼有些焦躁，夏帆倒是希望晚一点儿到家。有两件事情，他还没有想明白：一是正在燃烧的猪蹄为什么不烫手，二是烧猪蹄的味道为什么可以在那样短的时间内变得不难闻。在夏帆的总结里，任何时候都要学会给自己打开窗户。他善于总结，得到的结论都是自己想出来的，但是能为己所用，甚至可以用到他引人畅怀后也不乏深思的画面。

夏帆又想，时间确实太短了，以至于他的"相信往昔"问卷没有答完。夏帆装作随意地将问卷收起带走，李楠也装作没有看到，双方都有一种逃脱了对期末考试试卷提交与批改的侥幸。这一点，夏帆是感谢李楠的，李楠那种视而不见和之前的所有医生、专家或心理咨询师都不一样。他们咄咄逼人，时时盯他的眼睛，要一个确定的答案，而且不容置疑，甚至一次次地试图用各种并不见得有效的方法给他催眠，这引起他强烈抵触，甚至反感。他甚至为此给出一些与事实不相符的答案，也可能是因为这样，他的病情才与治疗始终背道而驰。得到的结果是情况很严重，需要借助药物治疗，所以希望他能够入院，并且配备合适的心理医生。

这些，夏帆都拒绝了。

在夏帆的疗愈日记里，一个最重要的记载是"相信往昔"问卷，他不会知道，只是当时李楠因为紧张，才拿给了他这一套莫名其妙的问卷。那个问卷，是李楠问自己的，不是给别人设置的。日记里还记载了无数方子，其中食物疗法的篇幅最多，这大概是李楠亲手做的那些菜品深深吸引他的原因。

"油、冰糖、白砂糖、黄糖、红糖、水。

海盐、井醋、菜籽油、葵花籽油、花生油、橄榄油、黄油、奶酪、鸡蛋、火腿。

……"

夏帆的记录仿佛一本食谱秘籍。唯一的遗憾，是夏帆家的开放式厨房，并不容许他在燃气灶上烧猪蹄。

送走夏帆，窗外的雪越下越大，这是今冬第一场雪。

初雪许愿这件事是从韩剧里学来的，那时候她还没有离开李楠，她窝在沙发上整夜整夜地看韩剧，擦眼泪时用掉了一包包纸巾。那

是什么长在你内心的土壤

时候李楠对她熟视无睹，导致了即便是今天，已经有足够好的条件，他依然不肯搬家，还住在这个吵杂混乱的旧小区里，他希望她能回来找他。

她决定出走，是在看了一部极其简陋的喜剧后，她觉得梦想可以用那样的方式实现。而那个时候，他依然在公司担任高级测试工程师，偶尔空余时间也偷偷给她写代码，把她喜欢的所有东西都做在一个网站里，等待一个重要的时机送给她。他成为心理咨询师是在她出走以后。那些日子是灰暗的，暗无天日。

每一件细小的生活线头都可能使一件完整漂亮的衣服化为乱线团，因此，哪怕在最初的时候，都不容忽视。这是李楠得出的结论，也是他开始精神分裂地把自己当作病人和心理咨询师的最初动因。很久后，他觉得自己被治愈了，但其实治好他的病的不是他自己。

后来，他在一个隐秘的网站上，以一个亲身经历者的姿态来讲述，他用了"李楠"这个名字。他姓李，但不叫李楠，大多数人都叫他小李。在那个网站上，他就发了一篇文章，后来人们都叫他李老师、李医生，甚至还有人叫起了李教授。

同时，在另一篇文章里，他如实讲述了见病人的经过。然后，他没有再管这两个账号，直到这一次搜索，他才看到，回复已经超过了几百页，而密码他忘记了。她走后，他忘记了自己的大部分密码，后来可找回的密码都找回了，但这个密码始终找不回来，尽管他已用尽他能想到的所有办法。

在楼上一直望着夏帆夫妇的车离开，李楠才起身准备去见约好的人。

他做了五年扶贫志愿者，五年时间，一无所获。扶贫款一年比一年高，但扶贫没有丝毫起色。李楠以为，扶贫对象应该是勤劳善良的，但是他这些年见到的，有不少是懒惰贪婪的人。他虽生气却也知道，这不光怪他们，但是要改变太难了，根深蒂固的观念不改，不会有任何变化。

去年这个时候，也是大雪纷飞，他从资助者的家乡回到北京，由于实在气不过，李楠停止了对部分不上进者的援助。无数个电话打过来，质问他春季的援助什么时候到，家里已经没有米了。农历年后，他不得不重新对他们进行资助。他回去看过，到达的时候已经是上午十一点，给他打电话的青年睡眼惺忪地给他开门，说昨晚在村里赌钱，天亮才睡下的。

李楠是困惑的，他熬夜工作换来工资，援助对象的日子却过得比他安逸多了。他们没有任何财务规划，遵循的天理便是"人生在世，吃穿二字"。若是对他们进行经济援助，这些援助款能在一个月之内，最快的可以在一周之内化为乌有。他们会到镇上或者县城，吃喝玩乐，如果还有余钱，一定要参与至少一场像样的赌博，以试图在城里多待上哪怕就是个一天半天也行。他们中更有甚者把钱赌光了以后，原地打电话让妻子出来卖淫。而这个时候，他们在县城或镇上的馆子，只喝瓶装矿泉水，对桌上水壶中的水视而不见。

李楠看着眼前穿紧身花衬衫的男青年，终于忍不住下定决心，以后不会再来了。听到他来了，村民们相互告知，很快挤满了一屋子。

男人赌博或吃酒，女人帮工或卖淫，孩子放牛或偷盗，这是李楠对他的扶贫对象更深入的了解。也有一些他帮助过一两次的人，后来拒绝他继续帮助，他们外出务工或者正经做事不再接受他的接

是什么长在你内心的土壤

185

济，然而这样的人在这个村子少之又少。

李楠不习惯阴冷潮湿的气候，他拒绝了等村主任从外地回来，看到这个已经援助了多年却依然毫无起色的村庄，他的内心是冰冷的。

"大家多保重，以后我可能就不来了。"李楠看到了他们企盼的眼睛，"我生病了。"

"那我们怎么办？"男青年说，"主要是他们，怎么办？"

"随缘吧。"李楠说，"我真的生病了。"

到现在，没有人知道李楠生病了。他意识到且愿意承认，并告诉了他们。没有人问是什么病，他自然也不会说。他只说过这一次生病了，没有收到任何反馈，这让他稍微心安理得。

令李楠感到欣慰的是，他走到村口时，一个中学生模样的姑娘跑出来，跟他说了一些算是能让他不那么难过的话。

"别再给他们钱了，不管用的，这种方式是救不了他们的。"姑娘说，"您自己治病吧。"

"好好读书。"李楠说，每当他有很多想说的话的时候，说出来的字都很少。

"这个给您。"姑娘递过来个封口的麻袋，"我奶奶在满村板栗树和核桃树下捡的，说是给您。"

"不用。"李楠说。

"带走吧，奶奶是诚心的。"姑娘说。

"拿回去给你奶奶吃吧，或者卖了。"李楠推辞，"没记错的话，你们家我就资助过一次，后来你们就拒绝资助了。"

"奶奶走的时候说这是留给您的。"姑娘又把口袋递近了一小步。

李楠接下这个口袋，他记得这个孩子，也记得他们家，当时资助确实是救了急。

之所以愿意再来，是这个姑娘让他不要对别人说起提供的线索，确实有人因吃不起药快要死了。除了在新闻里，李楠还没有见过这样的描述，直到他亲眼见到图片和视频中瘦骨嶙峋的人。

回京途中，李楠不断收到来自之前资助者的信息。他们知道他去过又很快地离开，却没有见着面，问下一次什么时候去，钱什么时候打过来。李楠没有回，他的心理矛盾却不那样坚固了，他需要对资助者进行筛选。他的心是烦躁不安的，他不知道这样做是不是对的，如果错了，这个错误应该由谁来承担。每次他不胜其烦的时候，就漫无目的地刷手机，好像这些一页一页翻过的界面能给他答案。有时候，刷着刷着天就亮了。

就这样，刷到一个访谈，李楠留意这个访谈，是因为采访中一个职业投资人在被问到如何变得更平和时提到了"李楠"这个名字。丁淼找了很多人，才联系上他，夏帆就是通过他介绍来的。时隔半年，此人从着装到言谈举止，像变了一个人。李楠有时候想，可能他是真的对他们有过帮助吧。

有时候李楠在网上搜自己的名字，会出现无数个李楠，各行各业的精英。他在名字后面输入"工程师"三个字，出现一些别的人，和自己没关系；又输入"心理咨询师"，结果差点儿使他跳起来。在一个百科里，有着年轻帅气的照片，各种各样的成绩，包括治愈著名科学家、导演等。百科上那个有着自己的名字和照片的李楠，人生经历被神化了，像另一个人。更离谱的是，有些链接里，还有他的微信号。

是什么长在你内心的土壤

没错，这确实是他的微信号"xlzx"，真实意思是"小李涨薪"，很多人却解读成了"心理咨询"。

从那天以后，李楠开始上了瘾，他不知道这风格是不是一个专业咨询师应该有的样子。有专业咨询师来找他交流，甚至有论坛邀请他出席，他都婉拒了。他无法从理论上和别人去讨论行为学在社会关系中的重要性。

但是事情并没有就此打住，而是更加复杂，起因是在一个发布会的群访环节，记者问起夏帆这一年是怎么度过的。他播放了一段声音，那是他刚刚在李楠家录的，刮鱼鳞、剥大葱、剥蒜、切香菜、洗韭菜、淘米、搅拌鸡蛋、炖汤的声音。然后，他隆重地介绍了李楠，并讲了一些他认为极其重要的细节。

那天丁淼之所以连夜赶回来，不是她通过远程视频和电话发现了夏帆更糟糕的境况，而是第二天晚上有一个重要的行业颁奖典礼，作为颁奖嘉宾，夏帆必须出场。

所以，夏帆在记者采访时说了一个很好的朋友，其实就是他才见了一面的李楠。

后来还有那些简单的运动，夏帆都是从李楠那里学来的。他去过很多高级的健身房，器械一应俱全，教练训练有素，却都不及在小区的广场上那几个简单的蛙跳、跳绳、高踢腿、劈叉。他很难解释为什么，这些普通得不能再普通的动作、随处可寻的器械，让他变得一天比一天强壮和开心，他不去健身房不难受，但不去小区楼下的广场，就坐立不安。他终于开始释然了，不情愿却懂了失去便难再得。他出门不再用帽子和口罩把自己包裹得严严实实。

卸下内心的包袱是一件极其不容易的事，夏帆清楚可能带来的后果，但是他也在慢慢习惯，他身上那些外人看起来无处不在的光环，不过是更受人关注的工作。

他不能日复一日地去找李楠，不是因为费用，而是因为他慢慢发现，好像李楠也并不是一个每天都乐于见病人的医生。李楠甚至疏于去做像他这样的人的生意。他不知道理由，但是他能感觉得到，李楠对于他的到来，并没有表现出多少热情。

有时候丁淼在，李楠会更像是一个医生；李楠不在的时候，夏帆甚至忘记了，只有他才是病人。通常，李楠把自己关在厨房里，到了时间，把一桌子菜端到夏帆的面前，他们不说一句话吃完，然后夏帆照例睡去，照例在天黑之前回家。

夏帆没有在李楠家见到过别的人，也没有见李楠接过别的电话，他甚至开始怀疑丁淼获得李楠联系方式的渠道。但是他没有问，因为他去了李楠家以后，能睡很安稳的觉了，不再深夜辗转或惊醒，也不再乏力颤抖。

李楠的话少得就像是失语，以至于后来，夏帆到来或者离去都甚少寒暄，他依旧吃一顿饭，然后离开。

夏帆不知道李楠到底还会做多少菜，总之每一次都是不一样的，每一次都自然而然。凭着职业的嗅觉，夏帆能感觉得到李楠的异常，但是具体是怎样的异常，他还不能确定。后来，李楠就拒绝了他再次登门，理由是出远门了，但是夏帆在附近的超市里，看到过买菜的李楠。

"这周怎么不去了？"丁淼问。

"李医生说，完全康复了。"夏帆答。

"那什么时候我们约一下，好好感谢人家。"丁淼嘴上说着，内心忧虑。

"我们开个餐馆吧。"夏帆很认真地看着丁淼。

"餐馆?"丁淼惊奇,"好,好啊!"

夏帆在开餐馆之前,以为这个难关自己渡过去了,但当他独自一人时,依然沮丧、困顿、低落、胸闷,心无所寄。他无时无刻不处于那种莫名的恐慌中,常常做一些关于片场的梦。那种关于电影拍到一半撤资了的,工作人员意外伤亡的,洪水冲走了整个剧组的,大火烧掉了巨额资金搭建的场景的,以及他时时刻刻站在一个摇摇晃晃的高台上四周却空无一人……

这些梦境,他没有说给丁淼听,他不想她担心,他以为自己是在为孩子和妻子建造安全幸福的城堡,却想不到他这墙皮一块一块地高速往下掉。

他不得不再次约李楠,但一直都约不上,直到他给李楠发过去一张图片——安眠药。

这一次,夏帆是在自己家见的李楠,他们也没有谈起什么关于病情、治疗的话题。

夏帆家的房子,是李楠没有见过的豪华,符合主人的身份和成就。丁淼在李楠到来前的半小时,带着孩子外出去拓展训练了,还带走了家里的猫和狗。

很难说得上这是一次治疗还是一次待客,夏帆也确实像一个主人。这次,他们没有做饭,夏帆试过,在他的家里,无论选择什么样的食材,做什么菜系,都没有李楠家的味道。可能是因为空间,可能是因为设备,也可能仅仅是因为人。

坐在夏帆家宽敞富丽的客厅,李楠下意识地抬头看了窗帘,他能快速识别出哪一个流苏上隐藏着针孔摄像头，那是他在丁淼提供的视频中获得的准确信息。

"电视上说你下棋在业界没什么对手，可不可以……"李楠的目光没有从窗帘上移开，一整面的落地窗，无数个正在迎风微微摆动的流苏。

"那都是瞎说的，本来也没下过几次。"夏帆跟着李楠的目光看向窗帘。

整整一个下午，书房里的夏帆和李楠也没有下完三盘棋。夏帆知道，李楠的水平远超自己，但是前两次夏帆都赢了。他知道，这是李楠故意让他的。

夏帆和电视上那个喜剧导演，判若两人。整个下午，他也始终没有对李楠说要开餐馆的事。那个餐馆，其实更像是开给他自己的，就像李楠那个问卷一样。顾客们开开心心，人越多越开心，都是来庆祝的，但是他们看起来很辛苦。夏帆依然会冒出来一些情绪，担心父母孩子和爱人怎么办，这是他喂给心里那头猛兽的，他希望有他们挡住，他能虎口脱险。

看着书房里那些层层叠叠、琳琅满目的奖杯，李楠也没有对夏帆说一句"祝贺"，他还在想是否所有呈现的喜剧背后都是悲剧，是否有例外。能把李楠请到家里来，夏帆就已经开始明白了，风光、平庸、落魄，失而复得，得而复失……他们的路线，他是清楚的，所以他在早期就开始了筹划——对于经济的理解。目前，很多家庭依然不知道如何理财，或者不知道存钱，他们以为有钱就是可以吃喝玩乐，不清楚存起来的意义，直到看到贫穷洪水猛兽般淹没吞噬他们。

李楠给夏帆讲了一件事，那是他亲身经历的，在众多被拒绝资助的求助者中，有一个因饥饿而死，那是一个真正需要资助的人，但是他连同他们自家人一起拒绝了。每次想起这件事，他都难以自持。

现在，李楠也渐渐领悟，那个他无法联系到，以为会回来的人，很多年过去了，还是没有出现，可能就是对有人那么急切需要帮助自己却视而不见的惩罚。可是，迢迢千里，确实难以分辨啊。差不多每个来找他的病人，都会说起她的名字。她的名字一开始的时候就像一个暗号、一个令牌。现在已经不是了。

她是离开了，不是情感意义上的离开，而是永离人世。但是李楠不承认，亲人之间回避谈论死亡，每个人都有各自的心结，不是简单的忌讳，而是把结打死。

讳莫如深，深则隐。

殊不知，越被隐藏，越如海星，各自发展壮大，长出新的触角，仿佛在各自告诫，相互打气，欣欣向荣。

那些心口里装着疼痛的日子，李楠试着看过很多喜剧，但是笑过以后都更难过，笑的过程是愉悦的。而真正拯救他的，或者说能让他更好受的，是悲剧。越忧伤的故事越是他的避难所，喜剧则永远使他通向更深的渊或更高的山，令他更加孤独、绝望。他羡慕那些能笑，或是能引人发笑的人。

所以，当他见到夏帆的时候，他只能把自己第一时间关进厨房，他的紧张是一种肌肉的记忆，是内心伤疤溃烂愈合后，又强烈撕开示人的痛感。他想起他为什么成了一个像现在这样的人，在那些渺无希望的时刻，他尝试过各种各样的办法，都无果。

他想见一见那些和自己一样的人：他们在哪里？他们是如何度过周而复始的漫漫长夜和昏昏白日？他们可曾努力向自己伸出过内心的手？是否拥有过对生活的强烈热忱？他们也一遍又一遍地把自己踹回那个无边的黑洞吗？

当他们喊出一些名字，黑洞中是否有回响？是否有发声者之外的人听见？

于是，三年前，李楠辞去工作，误打误撞地，他的咨询费就已经超越了工资的好几倍。不坐班的日子他依靠跑步活着，如果一天没有跑，会感觉不舒服，胸闷气短，什么都做不好。所以，他跑步，在闹市区。而他开始跑步那天，所有人戴着口罩，他们穿着一样的衣服，淹没在人群里。

棋局博弈之后，夏帆带着李楠走出小区。李楠自己可能也没想到，这个被夏帆命名为步行治疗的方案，也正在渐渐改变着自己。途中他们说一些看起来莫名其妙的话，但是最后还是被治愈了，而且对方带了录音笔。他在报纸上看到似是而非的话，觉得李楠不是他，而是另有其人。

夏帆正是依靠这支录音笔，走出他所谓至暗时刻的，这一点也许毫不夸张，也许是自己夸大了，不管怎么说，这是个属于他自己的秘密。

从保温瓶里倒水的声音，喝水的声音，水龙头的声音，油滋滋的声音，以及上下楼梯的声音和冲马桶的声音。李楠家有个水龙头是坏的，但是他没有找到位置，厨房没有，卫生间也没有。但是房间里，就是始终有隐隐约约滴水的声音。他知道，在现实世界里，他是找不到这些水滴的。

从李楠家回来以后，夏帆的睡眠开始变得好起来，以往的通宵失眠慢慢得到好转，但是他必须戴耳机。耳机里必须播放从李楠家录的各种声音，包括李楠走在地板上，后脚跟先着地时拖鞋与地面摩擦的声音。那声音里，似乎还夹着一些微弱的求救声。

开始好起来和复发之间，往往只是一线之隔。

引发夏帆爆发、不再小心翼翼地隐藏自己真实感受的事，不是丁淼购买股票，也不是她不和自己商量在海边购置房产，而是他无意中看到一张去另一个城市的机票购置信息。无论什么原因，他都不想问。他把购买机票的截图通过微信发给自己，他点开图片，试图从对话框里退出，但是时间不够，可撤回不可删除。

他不知道妻子什么时候会回到房间，他不能在她走进房间的时候拿着她的手机。因为他掩饰不住，不管他在镜头前教明星如何演戏，生活都不是剧本，他做不到。

"小宝，忘记告诉你，我下周要出去。"夏帆对着外面说，竖起耳朵听妻子的位置。

"好的。"妻子的声音从厨房传来，"去哪里？"

"之前说的那个项目，现在制片人从国外回来了，说大家聚聚。"夏帆说。他自己也不知道，现在他的脑海里只有一个城市，就是机票上的另一个名字。

"哪里？"妻子问。

"还没定，估计会去上海。"夏帆脱口而出，"天气应该不错。"

"梅雨天。"妻子说。

"小宝，你说……"夏帆的话还没说完，送果蔬的快递就到了，关了门，夏帆回到沙发上，他的心像刚刚打开的冰箱门。

194

他和丁淼之间有很多昵称，他们在不同阶段或者情景为对方取过很多，然而"小宝"是他们最少用的。现在除了"小宝"他还能叫她什么呢，他心发慌，他怕下一秒，妻子的名字就从他嘴里出来。

厨房里没有再发出任何声响，夏帆不关心妻子在忙什么，他只想快点儿删掉微信里的图片。

漫长的微波炉提示音，夏帆删掉图片，若无其事地走进厨房，丁淼正在切火腿丁。他从背后抱住妻子，没等他的头靠近她，妻子就走动打开微波炉取出盘子，递给夏帆。

夏帆顺势从厨房走出，拐进卫生间。他本来想躺在客厅沙发上的，他第一次感到开放式厨房的坏处，不是来自油烟。

李楠家似乎漏水了的滴答声，丁淼切火腿丁的嗒嗒声，两个声音不断交织在夏帆的脑海里。他终于想起来了，二十几岁的时候，在剧组，那时候他还是个无名小卒，一个道具倒下来，砸在他的后脑勺上。他当时趴在地上，血顺着脖子流下来，他发不出一点儿声音，动也动不得。他勉强用手表敲击地面，别人看不到也听不到那微弱的声响，手表敲击的地面已经被鲜血漫过。他躺在那里，微微用手表敲击地上渐渐凝固了的血，好像母亲在切年夜饭的肉。渐渐地，他在那种幻想出来的带着年夜饭的香气中睡着，直到转场。

饭后，夏帆开始按照计划整理房间，选择从儿子的房间开始。那些小袜子、小手套、小衣服、小玩具，都小小的，但是很大一部分他都是第一次见到。他知道这是陪伴的缺失，过去他并不认为这是一件大不了的事，现在，他的手掌触摸这些他错过的时光的时候，他能感受到时光的流动。不是比喻，是真的流动。

书房，书架上未拆封的书，他一本本拆开。有些是买的，有些是别人送的，有些不知道是怎么来的。这些年，他已经很少读书了，包括工具书。令他惊讶的是，很多书，是读过的，而且做了笔记。他在家的时候，从来没有看到妻子走进过书房：她是什么时候读了这些书，并做了如此独到的笔记？在这些笔记里，他感到了他和妻子的距离是如何产生的，他是通过这些她读过的书明白了她的想法。而丁淼，在打开这些与她毫不相关的书籍的时候，也是出于对他进一步了解的欲望。

这些年他太忙了，在家的时候除了睡觉，连吃饭都没有几次，在这个大房子里，他熟悉的只有卧室，因为他在卧室里待的时间稍微长一点儿。

厨房的整理，是他真正走出阴霾的开始，说是治愈一点儿不为过。

冰箱从买来到现在，他第一次整理，在冷冻层与保鲜层之间，除冰，清理，他像在看一部红绿色调鲜明的电影。

春节越来越近，接二连三地传来好几个业内人士因病或自杀离世的消息。夏帆带着惊恐主动单独去见了几次李楠，每次李楠都是给他一个可有可无的内容，就一头扎进厨房了。现在，当他自己也身处厨房，在叮叮当当、窸窸窣窣、哗哗啦啦的响声中，他的某根神经好像突然搭上了。

他们一路不断地换更大的房子，丁淼忙于装修与设计、搬家与给孩子找更好的学校和补习班。他呢，不像一个丈夫，也不像一个父亲，就连做儿子，他也是最近才不断想起母亲的。夏帆就像这个家里的总裁，规划并负责拨款与验收，其他便不再干涉和参与。

很多事情，便是爱与热爱之间的距离。

夏帆开始理解李楠为什么不给他开药，那是医院和医生的事，李楠是什么呢，夏帆也不专业。在夏帆查看堵塞的水管的时候，夏帆觉得，李楠就像一个水管工。他要指导自己也成为一个水管工。

断断续续用了半个月的时间，他把家里几乎所有的地方都整理了一遍。孩子的那些玩具确实触动了他，那些玩具发出来的声响，他难以描述，最终轰隆隆地从他的身上心上碾压而过。他和儿子没有过多的亲昵，保持着疏离。在家的日子，他不停接电话，在书房接电话，关在书房里，然后整月整月地出门。好像片场才是他的家，他在那里吃饭和睡觉，从不觉得厌食与失眠，只感到一顿一顿和一夜一夜的欠缺。

夏帆像一个恍然大悟的道人，日子也是一样，要不断往前，就算没有什么可突破，也要一直在整理。不会一劳永逸，越早整理，越坚固整洁，后续就会越简单越容易。他基本知道了家中什么地方放置了什么物品，缺什么短什么，应该在什么时候添置。

疏通了硬件的、物理的，接下来他面临着和孩子与妻子的沟通。以往，他和妻子之间，他以为只要在她卡上打足够多的钱，让她衣食无忧，让她主宰这个家就可以了。

这是一条漫长的道路，他时好时坏的心情，不像已经完全得到了指引，那根疏通这些思维思想心结的棍子，始终是自己递过去的，别人，最多能给你提供一根棍子。他是业界赫赫有名的喜剧导演，他清楚喜剧里那些恰如其分的捧腹，大多来自角色命运里大大小小的事与愿违，是那些扒开疮口撒盐滴醋才酝酿出来的忍俊不禁和破涕为笑。

夏帆的工作，就是划开伤口给人笑，就像鸡蛋有二十四种吃法，切芹菜的声音和切韭菜的声音一样都很治愈。切辣椒会辣到手，跟火烧一样，这个在之前他是不知道的。当时，就算是当着他的面，在作为颁奖嘉宾的这一天，主持人依然当着全世界观众说："夏导，作为前辈，您觉得自己会被年轻导演超越吗？您是不是还能超越自己？"夏帆说："别这样，我还不到四十岁。"

不到半天，媒体热搜就变成关于夏帆说四十岁以上无未来，不能超越自己。

可是谁知道呢，在说这句话的前一天，他都经历了什么。那头巨兽几乎是要完整地吃掉他了。

可是谁会管呢，笔挺的西装下是他已经不堪的灵魂，一度他甚至怀疑自己不会很好地出现在大众视野里了，可是他出现了，依然诙谐，他只要往哪里一站，哪里就是喜剧。

夏帆一边熨衣服，一边忍不住后怕。如果那天没有在李楠家安安稳稳地睡一下午，那会是怎样，夏帆不敢想。世界上没有一件事情能比熨烫衣服更治愈了，衬衫、西服、领带、套裙、校服，一件件妥帖地挂回衣柜里的时候，他松了一口气。他是在治疗自己，用从李楠那里学来的方式，是否可以疗愈就看他在过程中的感受——是否可以疏通，以及能疏通多久都事关将来。

那些让人捧腹大笑的素材，并不是他信手拈来，而是绞尽脑汁，因此，每一部喜剧上映后他都会脱层皮。这一次，他明显感觉，如果不是见到李楠，可能就没命了。他也尝试着到厨房里去，像丁淼和李楠那样。

被辣过的手还是火辣辣的，说十指连心，夏帆以前以为只是说痛，以为只是流血的那种痛。彻夜难眠，通宵达旦，他知道这不是简单的得不到的痛苦或得到的无聊。天快亮的时候，夏帆推开窗户，他给李楠发去一条信息："谢谢你。"他不知道李楠虽然已经被重度抑郁症缠身多年，但是他始终还是用自己独特而温柔的方式鼓励那些来见他的人。毕竟，他们来见的是他们信以为真的医生。远处的街灯，天边的月亮，手里的打火机，心里正燃着微弱而薄的烟。

李楠回复："洗个澡，吃个饭，睡个觉。"

长时间的经验，李楠深知，那反反复复令他陷入无边黑暗的，是一头沉睡的魔兽，只有好好吃饭，好好睡觉，与周围的人好好对话，好好对自己，才不会惊动它。所以他从来不问来访者病是什么时候开始的，都吃过什么药，也不会告诉他们接下来会有几个疗程。如果他们也和他一样，面临的是一头猛兽，主人不存在了它才会消失，才会真正被治愈，所以他这些年做的，都只是哄睡。一个人越是阳光和温暖、积极向上，蓬勃跳动的心上那头魔兽就睡得越香。

他试图让来访者自己发现它，并用生活哄睡他们各自心中的魔兽，最好让它永世长眠。

作为局外人，丁淼只知道要让夏帆变得好起来。这也不是什么不治之症，但前提是得治，不管是你自己，还是别人，不管你是偷偷的，还是光明正大的，都必须治疗。治疗不是说你要吃药打针或者住院，散步运动都可以。

见李楠之前，夏帆确实背着丁淼见过很多精神科大夫和心理咨询师。他们的方式，都已经用尽，包括药物和催眠。这些对他没有产生作用的原因，可能是被动，可能是被剥开，可能还有很多其他原因，总之他没有得到良好的治疗。

丁淼就像操持装修和搬家一样，带着不情不愿的夏帆，在最关

是什么长在你内心的土壤

键的一天见了李楠，也把他重新装修了一遍，一切都开始改变。

夏帆知道了李楠厨房里那些瓶瓶罐罐的谷物，冰箱里的绿叶蔬菜，周而复始的满了又空，空了又满。其实厨房里乒乒乓乓的，就是药物了。

医生告诉夏帆有"自杀倾向"那一刻，他被自己吓到。丁淼什么办法都试过，在见到李楠之前，丁淼去往不同的城市，找各种各样的人，可以称得上四处求医问药了，像要切掉恶性肿瘤一样。

可是，李楠什么方案也没有给夏帆，他们，准确地说，其实只是病友之间的交流，李楠的症结是女朋友的离开。他也没有多想念女朋友，只是不断在问自己，是否因为不值当所以她才要离开。

夏帆每次来李楠家，在小区入口处都有一个卖油炸烤串的中年人。有一天从李楠家出来，他在旁边看了很久，也听了很久，他看到一种温情，一种扑面而来的烟火与温情。他忍不住要了一份在路边吃。

小龙虾清脆的声音，使他由衷感到了无限生机，而这些生机都来自热气腾腾的厨房。他以为熬不过冬天了，他写好了遗书，交代了所有能想到的事，浑身无力，黑白颠倒，三天两觉。当他独自在李楠家厨房喂养心中的猛兽，看到一组调查数据，全世界有百分之十的人患有抑郁症的时候，他决定把这把伞递出去，给那些正在大雨里却走不出来的人。

以前，有心理医生建议夏帆，让他给自己的朋友说说目前的境况。

"我其实没有什么朋友。"夏帆说，"没什么可以说的朋友。"

"看你电视上笑得那么开心。"李楠说，"你电影里的人开心，我们看了也笑得开心。"

"开心就好。"夏帆说。他们会象征性或者是真心地劝导、鼓励、同情、安慰和支持，而这些，都是没用的，只会进一步证实他是个病人，可能真的没有多少日子了。所以他选择了更好的方法，自我疗愈。他们不问，觉得他们不关心；他们问起，却已经忘记，不得不再用力忆起。

在李楠的问卷里，有这样的题目："如果有一个院子，你会在里面种植什么？拥有一个院子最低的预算是多少？你打算什么时候开始置办或者打理自己的院子？"

"那个无论你在任何情况下都会支持帮助你的人是谁？如果现在给他打一个电话，你们都会聊什么？"夏帆在这些问题上卡顿又卡顿，他无言以对。但是，最终他完成了。

"相信往昔"问卷77道题夏帆已经全部回答完了，李楠没有找他要过，他也不知道回答了有什么用，他打电话给李楠说填完了。李楠说："好啊，很多人都填不完的，填完就放起来吧，难受的时候可以再填一遍。"

一个又一个的机构或组织出高价邀请李楠加入，他都婉拒了，不是他们出的费用不够高，而是他不想再一次进入那种环境，那种带着强烈的不怀好意的竞争的环境。他自己一个人，是有竞争的，只是这些人他都看不到，不用去担心明天是不是会发生控制不住的事情。

他在人群之外，但是那些被他"治疗"好的人，都是被他往人群里引的人。

李楠把问卷传到网上，公布了地址和密码，让需要的人自己去下载。

　　他整理电脑的内存，里面有丁淼当初给他看的那个文件，但是现在已经打不开了，显示没权限。当他又重新整理完电脑内存以后，又可以打开了。那是一个夏帆在家中犯病时候的样子，李楠始终没有问过夏帆最近怎么样，李楠知道，人也是一样，在慢慢清理自己的内存。

　　而这一切，就算一开始就知道了，确认了，也没办法大刀阔斧地、开肠破肚地、改头换面地去治疗，那些效果都微乎其微。缓慢的，隐秘的，有时候甚至是令他感到窒息的，自己给自己注射一剂心理的药物，这些都是主动的。

　　然后，它又像雨后的韭菜，割掉一茬，又疯狂生长。

　　夏帆得出新的结论，既然如此，那就勤于打理。他在乡下买了房子，在花园里种满了绣球、狗尾巴草、柿子树、鸢尾和辣椒，以及韭菜和无数后来才叫得出名字的植物。他们城里家中名贵的花草，静静地生长着，他知道，它们好看却并不参与他的喜怒忧惧。

　　那个曾经立志要站到奥斯卡颁奖典礼上的年轻人，过着自己现实生活的"喜剧"，正在看自己生命荧幕里的事与愿违。

　　看着园中植物枝丫被雪层层覆盖，家人的脚印交错有致踩在小径上，夏帆就会想起很多年前，第一次见到李楠的时候，从李楠家走出来的那个夜晚，雪又轻又稠，静谧安然地落在他的肩上。

　　而那肩上，刚刚沾染了此后疗愈他一生的浓浓烟火气息。

荒

原

朋友托宛如帮忙找人鉴定一个玉镯，宛如小心翼翼地将玉镯放入盒子，告别朋友下楼走进了风雪中，走出去很远又退回小区入口处的超市。这些年在国外，这家超市相比之下的确值得一去，好不容易来一趟，她决定带一些平时买不到的食材回去。

　　要是没有亲自去，那就好了，不去就一定不会遇到中明。可是，如果真的没有去的话，也就不可能再遇到麦克了。宛如现在还会想起，也许这就是人们常说的命中注定。

　　宛如一边在湿滑的路面上移动，一边在心里想着这个早晨，这个如同往常的风吹过一样的寻常早晨，改变了她以为原本就那样了的命运。

　　本来是可以让超市快递员配送的，可是宛如决定去超市自提，倒不是因为昂贵的外送服务费，主要是为了顺便走走。她喜欢步行，即便天气恶劣，即便环境残酷，这是一个多年工作养成的习惯。结束那些残酷的工作后走路回家，是她给自己划清生活和工作界限的缓冲方式。开始着手准备博士论文文稿以后，她把大量的时间都花费在那些庞杂的采访素材里，来自世界各地的口音，她不能都听懂，只能求助外援。已经连续好几天她都没有回家了，一直住在帮忙整理录音文件的华人社区朋友家里。作为回报，她答应了帮对方找人

荒

原

鉴定放置了很久的玉镯。

这个朋友是宛如在异国唯一会留宿的朋友，当初也是因为这个朋友的建议，她才毅然走出困境，放弃已成定局的人生，决定出来看看，那时只是想要换一个环境歇歇。

宛如的朋友同时还投资管理一家主要经营华人口味食品的超市，她从朋友那里得知超市的投资人竟是韩国人，店里却看不出一丝一毫和韩国有关的信息。宛如去过几次，知道店员多是在外求学的兼职中国孩子，每次宛如在这里都能找到除了中草药外的几乎所有她需要的食材，包括鱼腥草和水豆豉。

由于风雪较大，宛如想要带走一些草果炖肉汤，她所在的上东城附近并没有一家可以购买到草果的店铺。一进门，宛如就看到超市里的人都围在饮料货架的周围，店里唯一轮值的售货员急得团团转，她想去挪那货梯，又不敢动。因为半小时前她没有第一时间收起货梯已酿成大错，不想再犯下别的错误。

"别跳，别跳啊！"有人喊。

"报警了没有啊？"有人问。

"谁家的孩子啊，都看看，都看看是谁家的孩子，好吗？"售货员近乎无助地看向周围的人，她带着焦急声腔提高分贝。

宛如挤进人群，一个四岁左右的男孩蹲在饮料货柜的顶部，身上的羽绒服把他包裹得臃肿笨拙。他弓着身体，似乎就要跳下来。周围气氛异常紧张，宛如的神经一紧，仿佛回到了某一个再熟悉不过的场景。那是她远渡重洋想要彻底从记忆深处剔除的，却在这一刻本能地做出了反应。那是一种与生俱来的能力吗？或者是一种最真实的恐惧？

宛如注意到，这是一个东西方混血的孩子，黑色的头发卷曲，深棕色的瞳孔捉摸不定地看向地面。

人群还在吵吵嚷嚷，售货员急得团团转。有的人伸出手准备接住孩子，大部分则是围上来看究竟会发生什么。好像逗得他们越紧张，孩子越开心。宛如仔细一看，这群人里，大部分是女性，她们都打扮时髦，着装精致。出于此前职业的敏感，宛如快速得出一些并不确定是否完全正确的结论，这些在工作日的早晨来超市的顾客，并不是她在国内见到的普通家庭主妇。人群中有一两个上了年纪的男人，他们并不围观，只是挑选所需的食物，就像眼前的一切和他们没有关系。

甚至有人用近乎逃跑的速度挑选了商品以后快速离开。

"掉下来是要摔坏的呀。"一个头发银白的老太太试图接住货架上的孩子，她举起双手。男孩反而跑动了起来，还是弯着腰，弓着背，仿佛就是为了恐吓这些失去了主张的大人。

"报警了吗？"有人问。

"报了，刚刚报了。"超市唯一的值班管理员说。

"家长呢？"有人问。宛如听到人群聚集，开始向货梯靠近。

"谁知道呢。"有人附和。

宛如慢慢接近货架，她几乎是条件反射地，立刻进入一种久违了的状态。

她没有说一句话，第一时间将食指由下方向上，向左再向下，做出开口矩形的手势。有人开始退回到门的方向，大概是读懂了宛如的意思。

她则在大家撤离到门口以后，假装漫不经心地走到零食区，拿起一些糖果、薯片和肉干，放进旁边不知谁已经挑选得满满当当的购物车。

门口新聚集的人又走进超市，宛如胳膊垂直向下，握拳向后摆动。超市管理员拦住新到来的顾客。店员示意里面有突发状况，她开始给她的老板打电话汇报情况，大家阻止了来人往里进。门口又一阵躁动，宛如做握拳手势，竖起食指，垂直置于唇上。围观的人群安静下来，并不是因为他们完全信任她，而是只有她开始对现场产生了一些有效的控制——那孩子不乱动了。

小男孩终于不再兴奋地与围观的人群对抗，而是把目光落在宛如购物车中的零食上。宛如拿起一颗棒棒糖，使劲撕扯了几下，糖果包装纸没有打开。宛如的余光没有离开小男孩，却也不正面与他对视。

可能是因为超市里只剩下了宛如一个人，也可能是因为她手中都是孩子喜欢的食品，所以宛如的举动才都尽收小男孩的眼底。

"咬呀。"小男孩终于发话了，是标准的美音。

"这样吗？我的牙，最近不太好。"宛如甚至不加掩饰她初到这片土地时候的那种中式发音。

"使劲！"小男孩做出很用力的动作。

"你能帮帮我吗？"宛如认真地看向小男孩。

"你牙不好啊？"小男孩直言不讳。

"嗯嗯，你的呢，你的好吗？"宛如微笑着看向小男孩，这样的笑是很久以前的了，但是无论过去多久，宛如都还能清晰地记得她第一次使用这样的笑容那天的日期，甚至当时的光照与气氛她都还能如临现场般回忆起来。

"好着呢。"小男孩上下牙不由得打出声响。

"那,谢谢你啊。"宛如小心翼翼地接近货梯,但表面上她看起来是轻松随意的。她踩在货梯的第一个阶梯上,把糖果往上递。

这一次,小男孩没有像之前那样一有人上了货梯就往另一边跑。他伸出手,宛如和他的距离至少还有三步阶梯。

宛如走上去,小男孩警惕地往阶梯侧面的方向走过去。宛如缓缓地将糖果放在货架上,她假装漫不经心地下了货梯。

小男孩看到宛如下到地面上,移动过去拿了棒棒糖,用牙很快咬开了糖纸。这对他来说太简单了,他有些得意地看着这颗不属于自己的糖果,糖果上面还有彩色的条纹。

"什么味道呀,能帮我闻闻吗?有些糖果我不能吃的。"宛如说,"医生说过的。"

"草莓味。"小男孩将糖放到鼻子前,"对的,一定是草莓味。"

"草莓味吗?我不太喜欢草莓味。"宛如勉为其难地看向小男孩。

"付钱的地方,有别的味道。"小男孩看向空无一人的付款台。

"付钱的地方,那里吗,对不对?"宛如指向空空如也的付款台,不远处的门口,是不能进入超市的顾客和围观者。

"对,好多人排队。"小男孩看到门口拥挤的人群。

"排队?对,他们正在排队呢。"宛如附和。

"还有橘子味。"小男孩拿着糖果,他看着上面旋转的条形花纹,又把鼻子凑近糖果。

"那我更不能吃了,你能帮我吃掉这颗打开包装的吗?要不就浪费了。你刚才说是要排队是吗?"宛如快速地说。

"嗯嗯,很长的队,排队就是大家等着,收银员会叫你的。"小

荒

原

209

男孩又闻了闻糖果，差一点儿放到嘴里。从宛如的角度看，他的嘴唇已经碰到了糖果。

"真的吗，排到的时候会叫我们吗？"宛如尽量让孩子放松警惕。

"会的，但是不能到处乱跑。"小男孩认真地回答。

"不能吗？"宛如想要确认孩子的年龄，她总是对孩子的年龄做不出最准确的判断，而对于老人的年龄则完全相反，她不由得想起了那个老人。很多时候，很多事情，总是能触及她那根游丝一般的神经。

"不能，如果跑就要回到后面尾巴上重新开始。"小男孩伸出舌头轻轻地舔了一下糖果。

"重新开始啊？"宛如假装没有注意到糖果已经被小男孩放到了嘴里。

"对，重新开始。"小男孩快速地把糖果拿出来。

"那好麻烦。"宛如不再看小男孩，假装在挑选货架上别的糖果。

"对，很麻烦。"小男孩说完话以后把糖果放进嘴里，他左边的腮帮立即鼓出一个大大的包。

"那我们看看有什么好玩的，先玩一下等你妈妈来好不好？我们一起搭一个城堡好不好？"宛如走向远一点儿的玩具区，她并不能确定这个超市里面是否会有城堡这样的玩具。她在心里盘算着，如果超市里面没有，那就说城堡在家里。她确实没有说谎，她所在的住处，确实有一个城堡玩具，那是她唯一从国内带来的搬到哪里都会带上的礼物。但是这个礼物她并没有摆出来，而是藏在柜子里，她带着是要时刻提醒自己一些事。

"是爷爷。"小男孩咬着糖果纠正。

"好的，那我们先搭个城堡等你爷爷来。"宛如附和。

"不对不对，爷爷回去了，现在是叔叔。"小男孩再次纠正。

"叔叔吗？那就等叔叔。"宛如再次附和。

宛如小心翼翼地绕到玩具区，果然没有令她失望，她伸手看似随意地拿了好几盒积木，将它们抱在怀里。她看到小家伙已经把糖果放到嘴里，正在试图从货梯上下来。

宛如头也不抬，她把积木放在表层装满零食的购物车旁，然后蹲下，开始一字一句地读起积木使用说明。只听到男孩慢慢地、摸索着连爬带跳地从货架上踩到货梯上，然后脆生生地一跃，落到了地面。

蹲下的时候宛如并不能确定，要是男孩摔下来，她会不会接得住。好在，男孩安安稳稳地站在她的旁边了。这不就是她一向卓尔不群的成绩吗？那成绩曾经如此耀眼以至于最后连自己也接受不了那样的结局。可是那些怀着无比沮丧的心情打算了却此生而站在天台的人，是她救下来的，说着她听不出情感却又饱含深情的话语。

"谢谢你，帮我吃了这颗糖。走，这些都给你。"宛如松了一口气，右手举起，手心向前，挥动了几下。超市外面的人蠢蠢欲动。他们不知道这个女人和孩子都沟通了什么，甚至有人以为他们是一家人。

宛如在结款处支付了零食和玩具的钱，装进纸袋里，递给了小男孩，他却抱不动它。

"不能随便吃超市的食物，爷爷说的。"小男孩高声说。

"家长呢？"宛如看向人群，大家都摇头，只有一个菲律宾女人跌跌撞撞地跑来，嘟嘟囔囔地说一些话。宛如确认孩子和她认识以后，看到警察到来，就离开了。

"话说，他是怎么爬到货架顶端去的?"菲律宾女人一手拉住孩子的手，一脸认真地看向售货员。

"好像是梯子还没来得及挪走。"人群中那个银发老太太走出来。

"放下吧，不能拿不是自己的东西。"菲律宾女人试图让小男孩放下他抱不动的一纸袋零食。

"我的朋友送给我的。"小男孩说。

"Andy，不能说谎。"菲律宾女人说。

"他们可以做证。"小男孩把目光从人群移向了售货员，"她可以做证。"

"叔叔呢，你是怎么从房间里出来的?"菲律宾女人问。

"他可能不懂得反锁门，我一拧就打开了。"Andy说。

"下次不能这样了，要是你丢了，爷爷会伤心的。"菲律宾女人说，"忘记爷爷是怎么说的了?"

"可是他走了。"Andy说这话的时候，把抱在怀中的纸袋递给了女人，他们很默契地走出了超市。由于风雪过大，刚刚清理过的路面又被厚厚的一层积雪覆盖。女人蹲下，小男孩自然而然地爬到她的背上，风雪中女人一手搂着小男孩，一手抱着纸袋。黑色雨伞在小男孩的手中没有坚持一会儿就被风吹翻了。

"这么恶劣的天气还能偷跑出来捣蛋，家庭教育还是很重要的。"一个女人说。看着两人离开的身影，超市里开始渐渐恢复秩序。

"看那架势，这不一活祖宗吗? 听说是跟着自己爷爷住。"

"父母呢?"

"在国内吧，没见到过。"

"那个女人叫什么?"银发老太太想起了宛如,其他人才意识到宛如曾经存在过,他们的注意力一直在孩子身上,终于开始注意到那个力挽狂澜的人现在不见了。

……

没有一个人知道宛如的名字。

"她是谁?"

"新搬来的吧。"

"怎么还有我不知道的人呢?"

"刚才那小孩你不就不认识吗?"

"估计人家压根就没打算让人认识。"

"一定是住在咱这儿的,不然怎么能找到这里来。"

"大家都问问啊,这得表扬的,叫什么都打听打听啊。"银发老太太张罗着,开始认真挑选蔬菜。

宛如的真实名字叫什么,到这里来多久了,是做什么的,说话的这群人里确实没有人知道,就算是别的见到过她的人,也鲜于知道关于她的事。

像刚才这样,劝说一个孩子或大人脱离令人焦虑的状态,她以一个类似于谈判专家的身份出现在那些需要她的场合,是她此前的工作。而这不是她的理想,那是一个偶然的机会——那天她正好路过一个商场,歹徒持刀站在出口,无差别地砍向提着食物从超市走出来的人。

人群中,她是怎么被推到前面去的,又如何与那人形成一场看似能控制全局的对话,她完全不记得了。就像刚才一样,那是一种本能的反应,只是当时的本能和现在的本能不一样,现在是一种长

荒原

213

时间的工作经历导致的临场反应。而那时候，则不然。

但是她总会想起，那天她要去见一个重要的人，那天的情形，具体的细节已经记得不是很详细，她内心的那种难以克制的复杂情绪却时常萦绕在她的脑海里。从此以后，她经历一场一场所谓成功的谈判，然后迎接一阵又一阵的掌声。她知道自己取得的那些短暂的一时的成功，每一句话都是真情实感而非技巧。

即便没有任何技巧可言，她也经常被要求去分享成功经验，甚至有专门成立的学习小组跟着她学习。

每一次，宛如都硬着头皮站到台上，对着摄像机，冷静理智地向领导和学员娓娓道来。那时候，她是真的可以没话找话。她像一个专业人士，讲自己在每一次紧急任务临场发挥中如何获胜。报道里，她是如何从当事人的情绪中做出判断，对方是否对自己产生了信任，宛如不断强调，最重要的就是信任。然而，人们在意的不是信任本身，而是如何获得信任的技巧。所以宛如告诉他们，不是倾听也不是教育，而是把自己设身处地地当作另一个当事人，她仿佛一个分身在外却能解决他们当前问题的人。

当人们问起她为什么总能获得老人和孩子信任的时候，她只说因为他们有共性。她并没有真正说出之所以能和老人和孩子成为很好的朋友，他们愿意信任她并不是因为她有多可靠，或者他们之间有多了解彼此，而是因为她不断重复他们刚刚说过的话，一遍又一遍，不厌其烦。她用了可操作的简单话语，给出了令人满意的答案。

当有人问到需要具备怎样的素质才能做好这项工作时，宛如只是脱口而出另一个词语——临危不惧。

这是她所缺乏的，尽管这个词语无数遍地被外人用来形容她，可事实并非如此。只有她知道，她真正惧怕和缺乏的是什么。那种临危的惧与旁观者的怕是截然不同的，她身在其中却不能表露。每一次当她被临时紧急派到指定的场所，她都怀着莫大的不易被察觉的恐慌，去面对那些别人不用第一时间面临的话题、距离、气氛，恐惧充斥着她的每一个毛孔。可她表面平静得看不出半点异样，就像这一生中无数次面临的那些或大或小的恐惧一样，每一次她都用一种看起来不费吹灰之力的能力化解掉那些棘手的难题。只有上苍和她自己清楚，她正经历着什么。

恐惧带给她无限的心理负担，也莫名地带给她说不清道不明的动力。因此，即便每一次都假装镇定，并不妨碍她成为一个无数次立功的人。直到最后一次，她失误了。

她失误不是她做出了错误的判断，而是她想要更好的结局。这也是一个她能够铭记终生的教训，在一定条件下过度追求完美无异于犯罪。

路途那么远，她被从一个城市指派到另一个城市。这次她面对的是一个老人，一个满头华发仪表堂堂的男性。他站在江边，那是个少有人去的堤坝，做了很多防护，如果不是借助外力，很难想象他是如何到了那个令年轻人都目眩的地方的。

老人被人发现的时候是傍晚，经过多番交涉，他还是停留在原地，对于外界的沟通，他无动于衷。她被指派到现场的时候，已经是深夜十二点多了。那是一场持久的对抗，老人似乎没有什么诉求，从他的神情中看不出对世俗的厌恶，也看不出任何历经的风霜。宛如的话他置若罔闻，他是真的置若罔闻吗？他其实只是忘记了语言，或者说他并不习惯另一种语言。他看向茫茫的江心，久久地凝视，

215

最后缓步向前。

没有一个人承认，老人是被惊吓的，从无数遍的回放中，宛如可以肯定，老人并不是真的要做出什么令人难以接受的行为。她认为自己能区分看风景与自尽之间的差别，可是还是出现了无可挽回的局面。

她参与过越来越多的谈判以后，得出一个惊人的结论，而那些结论是人们不去探寻的，因为那立刻就会被划为与对方共情……

宛如不能原谅自己的失误，尽管并没有人对她提出过批评，哪怕半句怨言也没有。可也正因如此，她才更加自责与愧疚。她很难原谅自己，是因为在那些更高难度的任务面前，她都能更好地执行并完成，所以这一次，她无法正视这个原本可以不犯的错误。尤其是当她知道老人与中明的关系以后。

明知道谈判是谈合作，有时候对方的筹码是自己的生命，有时候是别人的生命。对面的人需要什么，这是一个重要的问题，也是一个被忽视的问题。她的任务不仅仅是与他们谈眼前的合作，还有他们到底想要跟谁交流，沟通什么。这是关键，可是目的又常常被忽略。她用一种缓和的声音和他们说话，宛如的声音谈不上轻柔，但是带着一种难以抗拒的迷幻，这是和她沟通过的当事者最后对她的描述，尽管她并不这样认为，但始终面带微笑——这是在人间所向披靡的武器。

每一次大事件之后，宛如都要休假，从现场走到家的这些距离，已经短到不足以消化掉她内心的那些复杂情绪了。她有时候闭门不出好几天，有时候会出去旅行。沙漠、草原、高山、海洋，用极端的方式强迫自己忘掉刚刚经历过什么。可是那一次，无论她是闭门还是远行都没能让她恢复到之前的平静。她知道自己被吓到了，短期内难以治愈的恐惧，她不能原谅自己给中明带来的伤害，那毕竟是失去至亲之人。她和中明这种剪不断、理还乱的关系，最终让她选择了更远的地方，尤其是当她在那个时候收到最诚挚的邀请。

现在，她几乎闭着眼睛就能画出祖国的山川河流。她想看到更广阔的地方，所以她才出来看看。她还如此年轻，即便她从未停止过想起自己的家乡。童年时光里走过的路和路边的花草，如果她这样回去，那就是回到一个巨大的谈资旋涡里。她并不恐惧成为谈资，但是她想她的家人会因此而焦灼。

……回到住处，关上门，宛如舒了一口气，这是种甜蜜的惊恐。

刚刚超市的那一幕，是她在国内的工作日常。只是大部分时候，她面对的是有着特定身份和诉求的大人。和孩子用异国语言在这样的情境下沟通，还是第一次。她本来想做进一步的了解：孩子为什么会到货梯上面去，他的家人为什么没有陪在身边。但是她没有，当一切结束，她只想快速地逃离现场。

她平复下来，把头望向窗外。

窗外的雪快要淹没车身，风刮得树上净无一物，她是从曼哈顿时代广场走回来的。说走，是因为她确实跑不起来。车淹没在风雪里，已经不让开，也开不动。电视上报道，有人在这场暴风雪中死亡，宛如并非不以为意。

外人看来，宛如总是这样不以为意地过日子，到了美国以后，变本加厉。在国内，宛如小心翼翼过好每一秒，从来不敢掉以轻心，她知道谁在看，要给那些想看的人另一种结局。可是走了这么远，这么久，她还是忘不了，那些一幕幕从她的眼前闪现的每一个惊险

荒
原

217

时刻。离得越远，反而越清晰，好像那些身体接触地面的声音、子弹擦过耳朵的声音，以及刀子划破空气的声音都能漂洋过海来再找到她。

当一切声音都那么清晰临近以后，反而家人的声音远了。她始终害怕每一个来自家里的消息，尤其在清晨。是呀，她确实从来没有在清晨收到过一个来自家庭的好消息。母亲的越洋电话，满怀忧虑的言语，宛如能从母亲刻意轻描淡写的叙述里，深切地体会到为人父母对子女最温柔的爱意。母亲特意强调，是从别处听来的，言语里尽量回避掉了第一现场的惨烈，宛如能理解。在母亲的人际关系里，关于一个成年女性不成家的种种猜测和谣言，往往在当事人的亲人那里会被描述得更严重。宛如知道，对于母亲，能把复杂意思描述成这样，已经很不容易。母亲极其小心地整理措辞，说："不要走错路。"

"就是担心你走错路。"这是母亲的原话，母亲这句话，就算到了异国他乡，也时不时像一把刀子，从她的心尖划过，走错路的意思在谣言里无可挑剔。再说明白一点，人们并不是为了劝告不要走错路。向她母亲表述的时候，无不是带着证实的侥幸。所以她把名字都改了，改成了无数人即使与他人提起也不会知道是她的那种名字——宛如。

初来美国，宛如没像多数年轻人一样选择去餐馆打工，那样做对她来说无疑是在占用社会资源。尽管年幼时她有过到国外餐馆打工的幻想，那些应该在餐馆里打工的人，不应该是她这个样子。除非体验生活，否则她不被职业允许去餐馆打工。毕竟，她是辞了高薪工作来的。

作为一个社会人类学者，宛如的田野调查其实就是她的日常。出国前人们似乎已经忘记了她的这一身份，而是把她视为一个刀枪不入又随机应变的谈判专家，更何况，她真的能在歹徒要求下躺着对话的时候，又趁其不备后空翻将其制服。所以，她在别人眼里，已经快要接近钢铁。可是，钢铁也有如泥的时候。

到国外后，为了摆脱心理阴影，她尽量让自己看起来生活舒适。接受邀请去大学演讲，这是她的特长，在国内没有被特调之前，她也是常去大学做演讲的。那些时光充实而有趣，学生们激烈讨论，认真收集论据。他们希望对方发自内心地认同自己的观点，也渴望被对方说服，有别于常见的只是为了专业，为了毕业。她也常常被邀请合照，她喜欢照片中人群里真正处变不惊的神情，而这样的时刻，在她的生活中少之又少。

以前，宛如就喜欢无所事事地坐在河边，尤其是有鸽子的河边，这些地方仿佛能隐约听到一些很久远的鸽哨。无论是莱茵河、泰晤士河，还是迪拜河边的鸽子，那些河与鸽子好像是从她生命上游而来，无数年后，流经她的一个下午或深夜这样寻常的时刻。它们好像知道她经历了什么，彼此懂得，她坐在河边，鸽子在她身侧觅食，河水向生命的下游流去。他们还会相见，那时它是东南亚的海湾、北美的窗棂，或是祖国云贵高原的露水。总之，他们会以上帝安排的方式重逢，但互不相认。

就像她以为，这些年生活在美国，就完全和国内的一切断了往来，她不再畏人言，不是不相干，也不是不在乎，她要让自己更坦然，更舒畅。可是在这个她并不常来的中国超市，那个爬上货架的小男孩，使她不得不重新联系以为就此了断的国内生活。这一天并

荒原

219

不算糟糕，因为除了解决了论文，还见到了中明和改变她命运以及心境的另一个重要的人。

宛如独自生活在曼哈顿而不觉得孤零零，只有在国内的时候，她才深切地有了那种孤零零的感觉。生活圈里的人都在轨道上运转，她也在，只是她的轨道不太相同。她受到过已经数不清的表彰，尽管不算热爱，但她并没有打算离开和忘记那些表彰。可是一切怎么会都尽如人愿？她深知，鲜花和掌声会将人从原来的生活圈子中剥离出来，得到的越多剥离得越快。这一点，她亲自证实过。这种剥离是被动的，无可奈何。

日常的生活里，宛如和电视上那个引经据典滔滔不绝而不失优雅的宏观经济学家、社会人类学者判若两人。起初，她只要自己过得开心，别人说什么那是人家的事。但这种话只有连自己都质疑的时候，才会象征性地灌输给潜意识。这话完全是自欺欺人，不过是一种安慰。可是当她开始问自己的时候，问那个老人为什么没能从江心里活着回来的时候，这一切都真正地发生了变化。

身边要好的朋友开始经历结婚，生孩子，爱人出轨，离婚，再婚……那些没离的，多数也过得不咸不淡。她是惧怕的，和那些起起伏伏、红红绿绿的经济数据相比，朋友们相聚倾诉的烦恼，是她化解不了的。她没有期待与众不同，甚至是接近或混同于平庸的平静。这些来自身边人的烦恼与困惑并没有真正吓退她，倒是给了她无数的荣誉与希望的工作，一次又一次地在掌声中将她推向幽暗的深渊。

毫无例外地，但凡她愿意去深究，几乎每一个站在顶楼打算向下跳或是握着刀顶住人质脖子的人，都避不开他们那千疮百孔的家庭。经济上的穷困与思想上的贫瘠都不算是最让她为他们感到惋惜的。每一次当她问到"如果你这样，你的亲人怎么办"的时候，他们的脸上流露出的那种无奈、冷漠与复杂，让她生出一丝微妙却感同身受的恐惧。

也有幸福的时刻，但是大部分时候她得过且过，或者看起来得过且过。因此，有人说宛如缺乏烟火气，可这个在亲朋眼里缺乏烟火气的宛如，饭做得绝顶好吃。说绝顶，一点儿也不为过，也是这偶然的一顿饭，让很多人对她刮目相看，甚至改变了一部分人的一生。不过大家并不知道她在想什么。几年前，中明生日聚会上有人劝酒，对着宛如说："你不会是不婚主义者吧。"宛如是不是不婚主义者，这个她自己也说不清楚。但是她坚信结婚要和一开始喜欢的那个人，主张一生只爱一个人，不是因为对爱情忠贞不渝，而是怕麻烦。

人们学得精明，说找一个你喜欢的人恋爱，找一个爱你的人结婚。然后开始比较，最后和性价比高的那个过日子。这本来没什么错，生活就是不断地选择，但这不是宛如的观点。甚至，她觉得结婚最大的意义并不是找一个可以陪伴自己的人，而是给孩子找一个父亲。不仅是给孩子找父亲，其实，也是在找一个她理想中的父亲。从这个角度考虑问题，她就变得更大胆了，但是表现大胆也是在到了美国以后。

一开始喜欢，懂得什么是喜欢的时候心动的那个人，看到他的第一眼就想如果未来的孩子有这样一个父亲是如何幸福，宛如为这个想法延伸出无尽的画面。到现在她仍然不觉得这是种多不着边际的想法。别人说她不可救药的时候，她在心里举出无数如果不是那

荒
原

个人会怎样的例子。

　　母亲在隔三岔五的越洋电话里，透露出担心她恐婚、厌婚的情绪。但其实都不，甚至，她怀着对生活最大的热忱，对婚姻也抱有无限的希望。她也为此努力，但这努力并不是去多少无用的场合，相那些无用的亲。她不知道哪里来的信念，始终笃定每个人都独一无二，都会有属于自己的幸福。她见过很多劝她差不多算了的人，那些人都过得并不如意。

　　作为一个专门解决棘手问题的人，她的冷静、理智和高情商是被反复赞扬的。但是当一个又一个案件重复出现，以一种近乎复制的情形出现的时候，她开始动摇了。她不想刻意去探究的，却以一种明朗的形式出现在她的面前，所以她做出了一个令人难以置信的决定——离开。很多人问原因，因为大部分人陷入那人带来的伤害里，所以，他们一致认为无论是跳下去或者当场击毙，都是大快人心的。直到下一次同样事件到来，她惊奇地发现几乎每一个悲剧后面，都隐藏着一个惊人的共同点——家庭，无论是家庭的教育、财富、相处模式，还是与家庭有关的秘密，因此，她决定走得更远一点，看看世界上用另一种语言的人是不是也有类似的情况。

　　宛如决定辞去工作来美国这个想法，几乎没和任何人商量。成年后，很多事情，她都不再和别人商量了。之前，她会先和中明讲，中明和她互为良师益友。至于亲人，他们需要的是陪伴，而那种陪伴里又包含着微妙的氛围，家人需要的绝不仅仅是陪着他们，而是幸福地陪着他们。这一点，她从父亲那里获得最直接的反馈。父亲不言不语，有些话最终到达宛如这里，是通过别的媒介，兄弟姐妹的也是多由母亲这个媒介那里来。宛如的幸福在于，她有深藏着爱的家人，他们爱她的方式，埋在那些生活的细节里，她通过光线与尘埃的间隙，读懂每个人对她的小心翼翼，他们的爱在这些小心翼翼里变成负担。宛如想要卸下来，走到自我里去，很多很多年，她一门心思扑在家人身上，她恨不得把每个人都规划好。现在她才明白，那些规划都毫无必要。因为每个人对于爱或家的能力，都是远大于她的。

每个人都有自己获得幸福与痛苦的方式，每个人都要各自去经历，谁也替代不了谁，需要的时候可以陪着他们，但当日子变得不一样，她需要远离。所以她偷偷给自己定了目标，不是有多清晰的目标，细细说来，顶多算得上一个动力。

她当年离开时移民条件不足，是赵市长牵的线，把这件事情办了下来。在曼哈顿的风雪夜再见到他，她是要回避的。她深知赵市长的心意，也还清了这些年的情分。

玉镯的事，宛如思量再三，只有向中明求助，告诉他需要帮忙鉴定，而中明把这件事，如实转达给了赵市长。中明和赵市长原来无话不谈，他们也都清楚各自对宛如的情感。无论权势还是经济，赵市长都更胜一筹；而中明，依旧只是个谈吐风趣的学者。

宛如并不知中明和赵市长两人分道扬镳的原因，他们曾经形影不离，如今却似乎形同陌路。她担心和自己有关，所以她尽量避着他们。

中明满足于和宛如以他宏观经济学家的身份对谈，他把那期有他们的不足两小时的节目看了又看。全世界的优秀年轻人聚集在一起，大家围绕宏观经济与国际局势展开各种讨论与交流。他们离得如此之近，杯子与杯子的距离不足半尺，结合当天的话题，中明的

荒原

223

嘴上是世界经济走向，是国际关系，是国家命运。可是他的眼里，是对宛如的脉脉深情。就连大合影里，并排而坐的他，余光都在向她注视。

风雪里一路小跑回家，宛如是清楚的，有些事情，要停止在她这里，不是要等到萌芽才去扼杀，哪有那么多摇篮给你机会。

她是清楚这一切的来源的。

赵市长的身份、经历和顾虑宛如并不全知道。对待宛如，他起过一些别的心，但他有更大的要求。宛如不认，那就是有理由的，至于什么样的理由，他都不问。

两个年近四十岁的中年人，在异国的风雪里像年轻人的爱恋，一个在前面跑，一个在后面追。赵市长并没有一路追来，他在街区的另一头停了下来，看她用怎样的姿势跑出他的视线，深一脚浅一脚地从雪里蹚过。宛如不是怕赵市长，也不是执意回避他，她只是，还不习惯。

他们的正式相识是在一次表彰大会上。赵市长亲自给她颁发的奖杯，她以一个英雄的身份接过他为她戴上的大红花，宛如并没有认出来年轻时候的赵市长。严格来说，他们第一次见面，是在一个校友的生日宴上。那天的饭菜是宛如做的，那时她还没有毕业。校友是校团委的学长，唯一支持宛如做"谈判专家"的学长中明。

那次中明的生日宴，新做的饭菜就是她给的礼物。中明曾经告诉过宛如，能够吃到她做的饭，是他这辈子接受过的最珍贵的礼物。

赵市长之所以为她心动，不是因为她是宛如，而是因为他已经很久没有在家里吃到这样朴素却用心的饭菜了。说是生日宴，其实就是几个常在一起的同学，为中明庆祝生日在家吃顿饭。赵市长的突然出现，让中明措手不及，尽管他们私交甚好，但毕竟没有发出邀请。

那时候的赵市长还叫赵源。赵源并不是来庆祝生日的，中明不说，他都忘记了中明的生日。只是恰好遇到了，刚刚好，他进门的时候，宛如系着围裙正端着一碗木姜花烩肉末小豆汤从厨房里出来。热气腾腾的房间，暖意洋洋的餐桌，赵源的眼镜被一层水珠覆盖，他接过中明递过来的纸巾，擦眼镜之前，他先擦了眼角。那晚，他吃了三碗饭，宛如盛的。

到国外后，宛如基本不参加社交，更别说去为大家做饭，她只在自己的范围内活动。赵市长是她一直以来对他的称呼，那是他曾经的职位。宛如觉得，只有用一个人的职务来称呼他，才能划清界限，才能表明距离，才更便于全身而退。

宛如进了家门，换鞋的时候微微笑起来，她对自己的表现是满意的。这个久违的感受与状态，像极了她此前执行完任务以后，面对成功时的喜悦与满足。如果在以前，她会毫不犹豫地请赵市长来吃一顿热腾腾的饭，装作不理解别人的心意。但现在不能，绝对不能，这是她给自己定的规矩，或者说铁律。换好鞋，她又想，要是赵市长真的追过来，他会和她说什么。还有那个突然撞到的男青年，好像在哪里见过。

保姆笑眯眯地迎上来，给宛如的衣服和靴子除雪。

"车呢?"保姆问。

"埋雪里了。"宛如答。

"来，喝点儿热水。"保姆走在宛如的前面去倒热水。

"有汤吗?"宛如问。

"什么汤?"保姆也问。

"草果腊肉芸豆汤。"宛如用中文说。

"你之前说周五才回来的。"保姆说。

"提前结束了,还算顺利。"宛如脸上露出少有的笑。

"你刚才说了一句什么,没听明白。"保姆问,"又是中文吧?"

保姆硬把水递到宛如手里。宛如没有回答,她并不是真想喝一碗草果腊肉芸豆汤,可能只是她的胃想起了遥远的味道。

保姆是印度姑娘丽莎,给家里的父母寄钱修新房子,也给姐姐和自己准备嫁妆,家人打算让姐姐嫁给准备去上 IT 培训学校的男方。男方家已经有叔叔通过上 IT 培训学校在硅谷工作了。那个叔叔是通过女方的嫁妆钱上的 IT 培训学校,因此,这是她们少有的能改变命运的机会。

家人给她发来房子的照片,一层、两层、三层,买了车,还开了小超市。丽莎说是保姆,其实更像是个租客,只是房租已经被宛如免除,大部分的时间,她都在外面,很晚才回来睡觉,顺便帮助宛如打扫公共区域的卫生。有时候协助宛如整理一些外文资料。宛如好像也不那么需要她,有时候她消失几天宛如也不问,她没有完全地视丽莎为保姆。她只是不想自己才三十七岁,就像个客居异国的单身老太太那样生活。周末的时候,她们也邀请邻居烧烤,也受邀参加别人家的舞会。

丽莎既担任着保姆的职责,又常常客串司机。但她们更像是朋友,宛如见丽莎过得清苦,舍不得买衣服,就允许她做一些兼职。她们讲英语,吃西餐,偶尔宛如也做中餐,那是她想家想得难以抑制的时候,她在暗暗改变自己的胃对西方食物的适应能力。她坚信其他人说的心和胃是相通的，改变某些心绪得从改变胃开始。

丽莎叫她宛如小姐，前天看电视上说有暴风雪，丽莎去附近的超市购囤了好多菜。她是临时起意的，想给宛如做个中国菜，她上网学了很久。宛如合上门的那一秒，眼泪就落下来了。她想，人如果太想念一个地方，空气里都会弥漫着那里的味道吧。她看到丽莎端出来鸡汤，那是加了枸杞、当归和红枣的鸡汤，那是梦里才会出现的故土食物。

宛如感到幸福和心安，但太久没有过多的表露，她一边回避祖国的人和事，一边享受着由此带来的馈赠。这一刻，她甚至有那么一丝后悔，没有邀请赵市长来家里坐坐，如果知道是这个汤。

然而，没有想到的是，赵市长竟然找到自己的家来了。他并没有打算跟来的，但他看到一个年轻的高个子男人撞到了宛如，他想走上前去，却始终没有。他不知道以什么样的身份，他也不确定宛如和那个男人是什么关系。

"你好！"丽莎竟然用中文打招呼。

"Hello！"赵市长脱口而出。

丽莎甚至有些高兴，来访者是个帅气绅士的中国男人。她希望宛如能多交一些朋友，无所谓国籍。这是丽莎住在宛如家的最后一个月。下个月，她就要正式搬离曼哈顿，去新泽西结婚。她的未婚夫也是从 IT 培训学校毕业后来到美国的，她的嫁妆已经在一年前就全部结清了。

当然，这些现在宛如还不知道。宛如是拒绝和华人住在一起的，倒不是她觉得他们都太理解她，而是在那群人里，一眼就会被看穿，那是一种几千年训练成的思维模式。一个表情或动作，就会把自己

227

出卖。每个生活在国外的华人都是一个精彩的故事，她不想被解读。她太简单，太不会伪装，因此不想被人了解，这是她在离开雾霾笼罩的城市时下最大决定的动因。

她不肯见赵市长的一个重要原因，是她清楚地知道他的来意，本来，宛如接受不了欠人情，更何况是来自赵市长的。而赵市长真正的来意，可能宛如这一辈子都不会知道。

看到赵市长的时候，隔着远洋，她还会想那些饭菜，她告诫自己，想那些食物的是她的胃，而不是她。她总是把她的四肢、头脑、躯体与"自己"区分开来，要不是头痛得实在厉害，她也不会觉得这些和她有什么关系。丽莎最终没有获准给这个中国绅士开门，哪怕是出于礼貌。而宛如，她顾不得礼节，她更在意的是，这门一开，是否会带来更多的麻烦，她总是这样简单粗暴地拒无数可能于门外。

宛如不喜欢那些好故事，她常常没能拒绝和丽莎一起去看电影。那些冲突和纠结令她茫然，那么不切实际却感同身受，而她总为一切被称为平淡的片子心悬，她着迷于所有的平淡，又怕平淡后出现的震荡。所以在她看来，平淡太可贵了，真的，丽莎还不懂，也不太会懂。宛如，喜欢所有平铺直叙能解决的艺术作品，就像那些摄影作品，她喜欢平视而不是俯仰。那些邀请票，宛如都给了丽莎，让她和未婚夫去看，以前她是自己去看的，后来就不去了，不用配合音乐，她已经能随时波澜壮阔了。她要平静，甚至是寡淡，最好没有起伏，最好是一汪静水。

第二天，丽莎带着未婚夫亲自来答谢。

宛如虽不去参加华人的聚会，但是，她会参加关于亚裔的其他事，以观众的身份。不以参与者的身份，旁观让她感到安心。接近那些人，她就觉得见到了父亲、母亲和兄弟姐妹。她衷心地祝福他们能够幸福地生活，不去干涉他们所做的任何决定。

她在渐渐地学会不冲动，现在，即便已年近四十，她有时还是免不了像个冲动的孩子。但是，现在的冲动不会伤害到任何亲近的人，她视师长、同学、亲朋为珍宝。但是她不去碰他们，她知道在聚会的时候一定会有人出来说些她的事，但也只是说说，总之自己不亲历，不亲历就不会受到伤害。宛如不能理解，她钻到自己的牛角尖里去，她甚至开口诅咒过那些无端造谣的人。她的简单在别人口中，被无限猜测和放大。

她见得太多了，无论是她在大学接受的教育和训练，还是后来因缘际会的工作，都让她对家庭或者说让一个不相干的人成为未来几十年相依相伴的人怀有很大的戒备。是的，是戒备，就像他们就要跳下去或者砍下去的时候一样，她就站在他们的面前，所有人屏住呼吸，她却不可以，她需要让事情至少不要变得更糟或者最好能停止。

所以，宛如在众多的事件中得出一个结论——家是港湾，也可能是火葬场。

可是即便如此，宛如还是想过要个孩子，无论自己生还是收养，但她终是放弃了，她确定，她不能给孩子一个温暖幸福的童年。这是她确定自己做不到的，就像她在童年即将终结时遇到的那样。

那些事情，在世界上成千上万的小学校园里，都是会发生的，在世界上数以亿计的家庭里也是会发生的，父母并非决裂的争吵，新学校带来的排挤。她甚至还能清晰地记得，那时候他们恶意地为她取的外号，以及无中生有的谣言。尤其是那个原本可以成为好朋友的男同学。是的，好朋友，纯粹的好朋友，不夹杂任何其他非分之想的那种好朋友。可是，他被那些五花八门的谣言击退，与她划清界限。

那些恐惧，竟然从十岁，延续到了她三十七岁。她想，这是要跟随她一生了，无论走到哪里。既然这样，就不要给孩子任何痛苦，孩子就该快乐地度过童年，最后安然地度过从青春期开始后的每一段人生路。

许多许多年过去了，宛如梦里依然会出现，那些关于年夜饭的，关于小学校园的场景。如今，父母年迈，感情变得异常好，兄弟姐妹们各有各的喜乐与苦痛挣扎，个个都生活得有滋有味。

本来，之前她是打算在老家盖个院子，一家人没事住在一起的，但是最后她放弃了。她想起来一些其他的小细节，她没有把握能让一家人生活在一起而不磕碰。亲人不磕碰的珍贵，宛如视如珍宝。

那是人性里无法被改变的，她宁愿远远地被偶然想念。没有人不善良，但是会生出些制止不住的恶来。宛如曾经以为自己这一辈子都不会骑自行车了，毕竟，三十七岁之前她没有一次是能骑自行车上路的。但在美国，她做到了。她去看美国的农村，和自己想象的有什么不同。自己约了心理医生，又无数次地放弃，她不想从那些禁锢她的枷锁里出来。有些枷锁就是配饰，仿佛只有戴着才能秀出完满的人生。她不能确定中明是否真的原谅了她，只能确定，自己的食物给中明造成的伤害。她没有太多的了解，中明和那个被她眼睁睁地看着掉入湖中的老人的关系，如果她能早点儿知道那是一个和中明血脉相连的人会怎么样。

所有人表扬她的时候，只要一想到有人就在自己面前当场被击毙，她就会惊醒。不是从梦中，而是现实——从水沸腾的时候，从锁门的瞬间，从结账离开柜台的刹那。

人们用笑和泪来评判一部电影，宛如没有自己的标准，尽管有时她也哭，也笑。现在宛如想，要是能活到八十岁，她可能会想要被埋在离祖母最近的那个山头。那是她自己画出来的，位置都标注好了。可是她又想，那是不是意味着就得回去。

她从来不急于去做一件事情，每件事情都要经过长时间的思考，即便如此，依然有冲动的成分。不太有人相信她的冲动，因为她都把它藏在看不见的风浪里。她不在纸上练字，她的书法都练在心里，那是一种在空中虚拟的练习，从祖父那里习得。

出国前，她在本子上列出所有关于中明的事，她无法从这些事件里获知，是什么时候开始对中明的情感产生变化的。中明总是告诉她所爱隔山海，山海皆可平。但她知道，不在于是否隔山海，有的人，是注定纵使两两相对，依然山海永存。

但是中明好，而且中明对她好，这一点认识他们的人都公认。人生怎么能不留遗憾，没有遗憾的人生，还是什么人生？她也会学别人说安慰的话，没有人能安慰你的，你得自己来，说点儿什么。

不生不快乐的孩子，就是人类做出的对社会最大的贡献。而宛如自己或者认识她的人，认为她做得最正确的事情，就是在她三十岁的时候，冷藏了十一颗卵子。至于为什么是十一，她只是脱口而出，也许十一是单身的意思，也许是成双的意思，总之她没有多想。

事情却偏偏不巧，在她三十七岁的这一天，这个完成了她的博士论文初稿的风雪天，也是有意避开赵市长的这一天，她在路上撞到了麦克。

荒
原

　　这是个刚从超市里出来，抱着一袋蔬菜、水果、肉蛋奶的男生。她走得急而且回头，把他撞倒在地上，蔬菜、水果、肉蛋奶撒落在雪里，单个滚落的苹果被埋没。麦克起来，连声给宛如道歉，一边弯腰去捡雪里的果蔬。宛如将走将停，麦克踩在打碎的鸡蛋上，一个站不稳，差一点儿扑在宛如怀里。麦克连声道歉，宛如轻轻地向耳后捋头发，而此时她的脸上一丝头发都没有。那一刻，看着麦克的眼眶，仿佛在镜子中照见十六七岁的自己，心中的风暴席卷而来，在她寂静如谜的荒野。

　　她笑自己，竟然从心中生出一丝"我们是不是在哪里见过"的情愫，很快，这个念头被她强行打消。她想，如果说出口，这得是一个多么老套又庸俗的搭讪借口。

　　宛如脱掉手套，她像在拍打衣服上的积雪，麦克无意识地也伸手帮忙拍打宛如肩上的积雪，显得那么自然，只有中明才会做类似的动作。麦克看到宛如有光的眼睛，他的嘴角弯起微笑。换作以前，宛如都听不得别人形容眼里有光这种词语，她觉得虚假空洞，但就是这个她以为矫情虚假的词语正在展现着此刻的她。

　　"你还好吧？"宛如问麦克。

　　"我没事，你呢？"麦克把捡起的购物袋整理好给宛如。

　　"我也没事。"宛如答。

　　"那，你是不是需要戴上手套？"麦克看到宛如通红的双手。

　　宛如把手套放到大衣口袋，接过麦克递过来的购物袋，麦克的手轻轻地碰到宛如的手背。远处看，风雪里的他们，此刻就像拥抱在一起的恋人。

　　街道的拐角处，赵市长正好赶上了最后一幕。他眼中的麦克和宛如就像两个舍不得互道再见的热恋中的人，他条件反射般地背过身去，仿佛这一幕不属于自己的眼睛也不应该属于自己的眼睛。

宛如的手心出汗，通红的双手抱着购物袋走在风雪里依然不觉得寒冷。转了几条街，麦克循着脚印一路追来。

"我想，你，是不是需要帮忙?"麦克气喘吁吁地追上宛如。

"我……可能……我们，同路吗?"宛如在雪里深一脚踩下去，感到身体一阵颤抖，语无伦次。

"是的是的，对，同路。"麦克接过购物袋，两人并排走着，宛如不时转过头来笑笑表示感谢，麦克好像胆小起来，只是往前走。

麦克和宛如沉默不语地走了一路，宛如手心里的汗一直未凉，赵市长也就远远地跟了一路。宛如通常会拒绝搭讪，但是麦克让她不设防，这一路，无话，也不觉得尴尬。

到家，宛如没有邀请麦克进屋，他们也没有互留联系方式，甚至没有问姓名，像两个老友，在门口熟练地道再见。

宛如以为一切都不会来了的时候，却一切都真的发生，甚至超出了她的所有想象。她突然大胆起来，好像什么都不怕了，甚至乐意去参加华人活动，变得无所顾忌。没有别的原因，仅仅是因为遇到了麦克。

每当宛如看到亲友们各自幸福，都以为晴空万里的幸福不会属于她，可是麦克来了。麦克的出现，碰响了根弦，她以为麦克会是一个知音，一个令她潸然或欢愉的友人，然而麦克，是弦本身，弦外便无音了。她终于明白，自己为什么要来曼哈顿，并愿意长久地留在这里。中明或许只是一个契机。

她去看世界各地的日出，留在曼哈顿，不为别的，只是那个日

233

出感染了她，她需要那种万丈光芒为众人所有，她只是身在其中。而别处的日出，好像每一次都只为她而升起，光芒四射却只有她一人，站在巍巍山巅，有万众欢呼却留她寂静，因为她不在他们之中。

很多时候，只要一想到那些人正和她说着话就一瞬间失去生命，她就会产生一种胜似自责的情绪。她开始想，是不是自己不够好，才没有第一时间让他们放下自己的危险或者放下武器。众人表扬的是那个看得见的她，无人知道，那个鲜花与掌声背后的她，有着怎样难以名状的午夜梦回。所以，她离开那样的生活。

宛如才知道，她跨过千山万水来到这么陌生的国度，之前受到的种种非议和困难，这一刻好像都被填平了。她想：要是遇不到呢？要是没有麦克呢？麦克的世界和她的世界如果不存在交集呢？

他们也像老友，在街道的拐角，在超市，在网球场，在公园，以及海边反复"偶遇"。然后他们一起购物，打球，散步，喂鸽子。

因为救了小男孩，当地社区和家属以及电视台为宛如设置了一个答谢表彰会。

这样一个裹着风雪的夜晚，火鸡和香槟等待着宛如，她最后却溜走了。没有太多人注意到这个偷偷溜走的中国获奖者，一切依旧在进行，直到念到她的名字，本人没有出现，也没有代替领奖者的时候，人们才注意到，连一个事先安排的替领奖的人都没有，她是临时走的，这成为媒体猜测的重点。

报纸上开始报道各种宛如临阵不领奖的原因，多数为猜测。那些猜测带着人类不嫌事多的绯闻，绯闻是这个艰难岁月里最可口的调味剂，有舌头的人都需要。

宛如收到邮件，这是她临时决定离开会场时想的，现在看来确实如此。

已经有起码十五年了，她没有见到过麦克，没有一点儿关于他的消息，但是从来没有停止过想念。她知道的，她有把握的也就是这么多了，再也没有什么事情是可以能够由她决定的了。邮件的内容很短，大致表达的意思，是大家以为可以在电视上看到你。

宛如想如果措辞里去掉"大家"，她是不是会更好受一点儿，这邮件，她没有回，她要像从未收到这邮件一样对待。

麦克无法理解宛如不去领奖这件事情，所有人都准备好了庆祝，连麦克的父母和亲友都已经专门空出了时间。电视上，当念到宛如名字的时候，没有人上场，之前再三确认过会来的，最后她还是溜走了。这个中国人神秘、消极。再次见面时，麦克就紧紧地拥她入怀。

麦克没有问，他自以为是真的了解宛如的人，尽管麦克充满了疑惑。打开那封邮件的时候，宛如心中的暴风雪就已经停止了。麦克像是宛如从意识里变出来的一个精彩魔术。她没有看错，那临阵脱逃的邻家和答谢会现场，坐在那个小朋友旁边的有说有笑的人就是中明。她没有往下想，那个孩子竟和中明有着难以捉摸的血缘关系。

麦克本来是不符合宛如对未来伴侣的想象和要求的，也不是自己将来孩子父亲的最佳人选。她也不敢确定麦克是不是就对了，她没有想舍弃什么跟着麦克过，而是，要把所有曾经丢掉的东西都捡起来，给麦克看。她并没有如何艰难地下了什么决心，只是想要向麦克毫无顾忌地展现她的脆弱与快乐，只因为见到麦克，她竟然变成了孩子，她天性里那些天真的脆弱的无助与渴望，都瀑布般倾泻

荒原

235

而至，朝着麦克。

这一点，是她做出决定的依据，那些衡量利弊的理智似乎在一瞬间消失，连她自己都觉察到了自己天性的展现。

而麦克呢，他正在给所有人解释，中英文的一见钟情。

宛如想过，如果有一天麦克不爱了，也没关系，爱过胜过一切。她开始重新定义获得——第一步，就是不怕失去。过去的每一天，她都在害怕失去，尤其是那些她远离的。中明是这样，赵市长也是这样，她希望同学依旧是好同学，朋友依然是好朋友。因他们有别的想法，她怕失去。

麦克对待宛如深情的温柔、狂野的偏爱，击碎了宛如对世俗的一切恐惧。她甚至暗自庆幸，她怕无法承受自己远渡重洋，却因此而意外地遇到麦克，获得明媚的幸福。她是忐忑的，她见过很多异国恋人最终走向分离，那是来自各种文化生活习惯等的博弈，可是她依然在忐忑中迈向了新的生活。

无数年后，宛如回国过六十岁生日，麦克还陪在她身边，并希望以后都能在中国度过。麦克说，我还要到你生活的国家去，吃你吃过的饭。这一刻，她漂洋过海护着的那一点儿微弱火苗，瞬间燎原。

她看着心里的火光烧过荒芜的原野，燃尽她所有的恐惧和不安，仿佛回到了年少时在父母身边醒来的某个节日午后——踏实，富足，安定。宛如瑟瑟地落下泪来，这么多年，第一次，她的眼泪先流回到祖国，是因为麦克的一句话。

留在曼哈顿，只是因为那里地势高，更便于她看日出日落，她不切实际地过着一种与年龄和经历截然不同的生活。当初她带着一张卡就走了，在机场换了少量的外币，她并不确定是否可以住得更长，但是她有一个标准，花完卡里的钱就回去，最多留一张机票钱。

她习惯了不用阳台晾衣服，她无数次想要在曼哈顿高层公寓的阳台上装一个晾衣架，她想让那些在烘干机里拿出来的衣服也如同她一样，能感受异国的日出日落和阳光。她没有这么做是不能这样做。

麦克使她成为一个妻子。他什么都没有做，只是到她的身边来，她就成了一个妻子。心甘情愿的，满怀热情的，自然而然的。

所有曾经有过的想象与抗拒，烟消云散。她成为他的妻子，她竟然也真的能使一个人成为丈夫，他们彼此成了爱人。

首都机场，中明和赵源一起接宛如、麦克他们一家。见面时，中明连声对麦克说感谢的话，麦克说应该说"谢谢"的人是我。宛如满怀疑惑，两个原本毫无关联的人竟然如此熟悉，这是她意料之外的。直到在中明家中，他指着相册里一张百人合影，给宛如和麦克的孩子们说，最后排右边上高瘦的男孩是你们的爸爸麦克，前排正中央的这个漂亮的老师是你们的妈妈。

原来，在风雪中遇到宛如，是麦克已经练习了无数次的一场无实物表演。那天要不是看到有人跟踪宛如，他并不打算那么快就走出来，当时他并不觉得已经准备得足够充分。

而那个混血年轻人，就是当年她在超市里救下的小男孩，她才知道，他是那个湖边老人生物学意义上的孩子，此时她的手上正戴着那个朋友托他鉴定的玉镯。这一切看在眼里，她却什么都没有问。

很多人知道宛如回来，在中明和赵源的安排下，再次见到宛如，大家似乎已经不太认得她，即便她在外貌上并没有太大的变化。有年轻的晚辈来听她的故事，并不太能理解她为什么要选择住在那么

237

高那么贵的豪华公寓里，并不真的相信她不是因为有钱而是因为她做了一个决定——不对任何怀有希望。即便是看着美丽的日出日落，有世界上最贴心的用人，她享受着一切却觉得自己不配拥有。自责在她的心里划下的口子，像银行卡上渐渐趋于不可控的六位数。那是她一点儿一点儿一位数一位数积攒起来的。在那之前，那些数字对她来说意味着一切，那是她对美好生活的向往，是她通往幸福之门的钥匙。可是，即便向往和中明有关，却在最后，随着老人在湖中荡起的波纹一圈圈散开远去，一切最终在宛如面前化为泡影。

如果宛如知道，一切又会回归到她攒辛苦钱时的那种心境，她或许不会那样一度挥金如土。她现在终于肯承认，自己就是一个多么普通的人，即便此刻依然有人提起她曾经的那些成绩，她都只觉得是在说别人。有时候她真想带麦克回到她的过往去看看，看她如何在年轻时苦痛挣扎与硕果累累，但是她没有。现在，她有属于她自己的小情绪或者喜怒哀乐，尤其是从遇到麦克以后，她几乎变成了另一种人——幸福而琐碎的妇人。

然而此刻，宛如还拥有着不仅仅是旅居海外的著名社会学者的身份，就像她投资管理超市的朋友，还有一个身份是赵源的爱人。谁会知道，那个万人口中唾弃的赵源，出去是为了执行高级别的任务。

所以对有的人来说，能过普通寻常的日子，也会显得弥足珍贵。